竜《りゅう》の王女シマー

ローレンス・イェップ

三辺律子［訳］

ハリネズミの本箱

早川書房

竜《りゅう》の王女シマー

DRAGON OF THE LOST SEA
by
Laurence Yep

Translated by
Ritsuko Sambe
First published 2003 in Japan by
Hayakawa Publishing, Inc.
This book is published in Japan by
arrangement with
Curtis Brown, Ltd.
through Japan Uni Agency, Inc., Tokyo.

さし絵：増田幹生

わたしの祖母《そぼ》、マリー・リーに

登場人物《とうじょうじんぶつ》

シマー……〝失《うしな》われた海〟という竜《りゅう》の一族の王女

ソーン……孤児《こじ》の少年。宿屋の下働き

ノビー……宿屋の主人。ソーンの雇《やと》い主《ぬし》

シベット……〝嘆《なげ》きの山〟に住む悪名《あくめい》高い魔女《まじょ》

猛獣使《もうじゅうつか》い……森で怪物《かいぶつ》たちと暮《く》らす老魔《ろうま》法使《ほうつか》い

サル……よい仙人《せんにん》に仕《つか》える、お調子ものの猿《さる》

第一章

魔《ま》法《ほう》のにおいをかぎつけ、わたしは立ち止まった。強い魔法、太古《たいこ》からの魔法だ。ほのかに海のかおりがまじっている。だがここは、いちばん近い海からでも、数千キロははなれている。

わたしは道のまんなかで足を止め、そのにおいをたどることにした。近くにある丘《おか》の上からただよってくるようだ。丘の上には、よごれた茶わんを伏《ふ》せたままほこりをかぶってしまったお盆《ぼん》を思わせる、小さな村があった。けれど、においを発している魔法は、そんな活《かっ》気《き》のない小さな村には似《に》つかわしくない、強いものだった。

どうやらわたしは、危《き》険《けん》を引きよせるか、さもなければ自分から近づいていくか、どちらかららしい。そこで杖《つえ》にもたれるように街《かい》道《どう》をそれると、田んぼをくねくねとぬけるわき道に入った。

雑草《ざっそう》をぬいていた農民が顔を上《あ》げた。その男は、わたしの固くなったはだしの足から、きたないぼろぼろのうわっぱり、最後にしわだらけの老女《ろうじょ》の顔へと目を移《うつ》した。そしてさっと指で魔《ま》よけのしるしをつくった。貧乏《びんぼう》をうつされるのをおそれたのだろう。

「〝友好《ゆうこう》の村〟にこじきは入《い》れんぞ」男は強い口調《くちょう》で言った。

人間のすがたをするようになってから数世紀がたつけれど、人間の心の冷たさ、無情《むじょう》さにはいつもおどろかされる。いくら人間の寿命《じゅみょう》は短く、その短い人生のなかで飢《う》えずに、できるかぎり多くのものを手にすることに必死だとしても。

「わたしはこじきではない」わたしは胸《むね》をはって、男のまちがいを正《ただ》してやった。「自分の食べるものは自分で手に入れている」

「おまえらはみんなそう言うんだ」男は、わたしに投げつけようと土くれを拾いあげた。「それで、手あたりしだいぬすむんだからな」

「このようなきびしい時代だ」わたしは慎重《しんちょう》にことばを選んだ。「わたしだって、つねにこのようなすがたをしていたわけではない」そしてせいいっぱいの威厳《いげん》を保《たも》ちながら、足を引きずって男の横を通りぬけようとした。

けれども、それで男が恥《は》じいって手を出さないと考えたのは、まちがいだった。男の投げた土くれは、わたしの背中《せなか》のまんなかにあたった。

「ここは、おまえらみたいな人種《じんしゅ》がくるところじゃない」男はなおも言った。

わたしはゆっくりと身を起こした。わたしのような人種とはよく言ったものだ。わたしが人間でないと知ったら、がらりと態度《たいど》を変えるにちがいない。ふりかえって、このばかな農民に礼儀《れいぎ》を教えてやろうかとも思ったけれど、そのときまた魔法《まほう》のにおいがぷんと鼻をついた。これはただの海水ではない。よどんだ海水のにおいだ。

わたしはますます興味《きょうみ》をかられ、こんな男ひとり、あとでどうにでもできると考えなおした。この奇妙《きみょう》な魔法のことを調べるほうが、先決《せんけつ》だ。そこでわたしは老女《ろうじょ》のようにまた身をかがめ、よろよろと田んぼをぬけて、丘《おか》の斜面《しゃめん》をおおうように生《は》えている果樹園《かじゅえん》のなかを通り、村の門まできた。

門番の態度も、農民とたいして変わりがなかった。

「そこの老女、入るな！」門番は槍《やり》を向けた。

わたしは目を細めて門番を見た。土くれを投げた農民とひどく似《に》ていたからだ。人間たちを見分けるのはむずかしい。目も鼻もひどく小さく、ほとんど特徴《とくちょう》というものがないのだ。それに、門番はさっきの農民とおなじ、茶色い髪《かみ》と青い目をしていた。

「仕事をさがしている」わたしは言った。

「不景気《ふけいき》で、自分たちが食うだけでせいいっぱいなんだよ」門番は、無造作《むぞうさ》にわたしを槍《やり》で押《お》しやった。「ほかの村にでもいきな」

「でも、どこへいってもおなじことを言われる」これは本当だった。「はるばるやってきたのに。それに、腹《はら》がひどく痛《いた》む」わたしは、これみよがしに腹をさすった。「飢《う》えとはどういうものか、まさか知らないと言うの？」

門番は顔をそむけ、手の甲《こう》で口をぬぐった。「ああ、知っている」そして槍を持ちあげた。「いいだろう。運を試してみるんだな。だが、言っておくが、なにも見つかりはしないぞ」

わたしはむりやり笑《え》みをうかべ、感謝《かんしゃ》を示《しめ》して頭を下《さ》げた（人間たちのあいだでやっていくためにおぼえなければならなかったことのなかで、頭を下げるのがいちばんむずかしかった。とくに、頼《たの》んでもいない恩《おん》を売られたときはなおさらだった）。

門をくぐると、わたしはぴたっと足を止めた。宿屋の庭に木の輿《こし》が置いてある。そのまわりに、人間のすがたをした四匹《ひき》の魔物《まもの》がしゃがみこんでいた。宿屋の入り口の左側《ひだりがわ》には、木綿《もめん》の綿入《わたい》れを着た見張《みは》りが立っている。その男はおそろしく大きな短剣《たんけん》を持っていた。そしてそのすべてから——輿からも、輿かつぎからも、見張りからも、魔法《まほう》のにおいがぷんぷんしていた。魔法でつくられたものたちなのだ。

だが、いったいだれが？　このような海から遠くはなれた奥地《おくち》で、よどんだ海のにおいのする魔《ま》法《ほう》を使うものなど、ひとりしか考えられない。わが一族の大《おお》いなる敵《てき》、シベットだ。

泥棒《どろぼう》などということばでは、あの女の犯《おか》したぬすみを説明するには足りないし、殺《ころ》し屋《や》と呼《よ》ぶだけでは、わが一族にもたらした苦しみはとうてい表わしきれない。あの邪悪《じゃあく》で残酷《ざんこく》な女は、自分以外のものを苦しめることによろこびを感じているようにすら見える。あの女は夜のやみにまぎれてやってきて一族の海を丸ごとぬすみ、小石ほどの大きさのものに封《ふう》じこめてしまったのだ。

わたしはそのときすでに故郷《こきょう》を出ていたけれど、その話は国じゅうに広まった。だから、シベットが〝嘆《なげ》きの山〟の内側《うちがわ》に引きこもったことも、聞いていた。一族は最初のおどろきから立ちなおるとすぐにシベットのあとを追った。けれども、シベットは山にあらゆるわなをしかけ、兵《へい》士《し》や化《ば》け物《もの》たちで埋《う》めつくしていた。山に入ってもどってきたものは、ほとんどいなかった。

住みかである海を失《うしな》った一族は、寒さと風にさらされ、食べ物も手に入らなくなった。結局《けっきょく》、大むかしからの故郷を捨《す》て、ほかの国で物ごいをしながらさまよい歩くしかなかった。

それから何年かはときおり、そうした放浪《ほうろう》の生活につかれ、嘆《なげ》きの山に入って復讐《ふくしゅう》を試《こころ》み、あわよくば故郷《こきょう》を取りもどそうとしたものたちがたどった悲劇《ひげき》を耳にした。これまで成功《せいこう》したものはただひとりとしていなかった。

いったいどんな用事があって、嘆《なげ》きの山からシベットが出てきたのか知らないが、この好機《こうき》をのがすわけにはいかない。数世紀のあいだ、つねに運に見はなされてきたわたしは、ようやく運が向いてきたことが、にわかには信じられなかった。

心臓《しんぞう》がはげしく打ちはじめ、脈《みゃく》が速くなった。あの女をとらえ、小石を手に入れれば、一族の、そしてわたし自身の、数世紀にわたる放浪《ほうろう》の生活をついに終わらせることができる。わたしたちはふたたび堂々《どうどう》と頭《あたま》を上《あ》げることができるのだ。一族はわたしに感謝《かんしゃ》し、わたしのなしとげた偉《い》業《ぎょう》を語ったしばいや歌が、十世代《せだい》のちにも語りつがれるだろう。

知らず知らずのうちに、わたしは指をかぎづめのように曲げていた。すぐさまもとのすがたにもどり、宿屋にのりこんでいきたかった。けれど、本当のすがたになるには、ここはせますぎる。だからといって、すがたを変えたままこそこそしのびこむようなまねをすれば、あの女のやり口とおなじになってしまう。だめだ。広い場所で本来《ほんらい》のすがたにもどったうえで、正々堂々《せいせいどうどう》と戦《たたか》うのだ。

けれど、長居《ながい》しすぎたようだった。見張《みは》りがうさんくさそうな目をこちらに向けている。時がくるまで、めんどうを起こさないほうがいい。わたしはさっと片方《かたほう》のてのひらを出すと、金をせびるように見《み》張《は》りを見た。見張りはうんざりしたように、手で空《くう》を切った。わたしはわざとよろよろ歩きさった。

第二章

村の家はどれも泥《どろ》でつくった掘《ほ》ったて小屋《ごや》にすぎなかったけれど、それでもいちおうそれぞれに塀《へい》と小さな中庭《なかにわ》があった。それまでの経験《けいけん》から、庭には、子どもか、ブタか、野菜《やさい》を干《ほ》すざるか、もしくはそのぜんぶがあるか——つまり、子どもたちがざるに置かれた食べ物からブタを追いはらっている——だとわかっていた。

わたしは、村の井戸端《いどばた》にいって、すわっているつもりだった。そこならきっと、宿屋に泊《と》まっている旅人たちについてのうわさが聞けるはずだ。ところがいってみると、村人は別のことに夢中《むちゅう》になっていた。

そこには、人間の年で十三才くらいの少年がいた。少年が身につけているシャツとズボンは、わたしのよりもきたなくてぼろぼろだった（少年を見るまでは、そんなことは信じなかっただろう）。けんめいに井戸《いど》から桶《おけ》をひっぱりあげようとしている少年を、ほかの子どもたちが取りかこんで、あざけっていた。

「ソーン、もう一度一角獣《いっかくじゅう》の話をしてよ」ひとりの少女がひやかした。

ソーンと呼《よ》ばれた少年は、いっしょうけんめい少女の言うことが聞こえないふりをしていた。

するとほかの子が石を投げた。「おい、話せよ」

石はソーンの背中《せなか》をまともにとらえた。ソーンは痛《いた》そうにうめいて体を起こしたけれど、それでも桶を上《あ》げつづけた。シャツの裂《さ》け目から体じゅうに切り傷《きず》や打ち身があるのが見えた。しかし、魂《たましい》までは打ちのめされていないようだった。

「本当に一角獣を見たんだ」ソーンは言いはった。

「どうして一角獣が台所の下働《したばたら》きなんかに、すがたをあらわすんだい？」女が笑《わら》った。水をくむ番を待って、井戸端《いどばた》でぶらぶらしているところだった。「一角獣は、化《ば》け物《もの》どもがこの世界を乗《の》っ取《と》ろうとしたとき、救《すく》ってくだすった五賢人《ごけんじん》のおひとりなんだよ」

「水牛《すいぎゅう》を見ただけなのよ。それで話をでっちあげたんだわ」少女がばかにしたように言った。

「ちがう」ソーンは桶を井戸のふちにのせた。「額《ひたい》のまんなかから角《つの》が生《は》えてたんだ。それに、真っ白にかがやいてた」

「はん」女はばかにしたようにソーンに向かって頭をふった。「だれだって一角獣《いっかくじゅう》が青いことくらい知ってるよ。うそをつくんだったら、せめてもっとましなうそをつくんだね」

最初、わたしも女とおなじで、少年がうそをついているのだと思いかけた。しかしそのとき、少年が桶《おけ》から注《そそ》いでいる水が、ただの水ではなく、陶磁器《とうじき》に使う金の絵の具のようにつやつやとかがやいて見えることに気づいた。

この少年には、どんなにいやしくつまらない仕事でも、きちんとやろうという姿勢《しせい》が感じられた。わたしたちも子どものとき、そうした精神《せいしん》を養《やしな》うよう努力《どりょく》する。けれど、人間たちのあいだでは、めったにお目にかかれない態度《たいど》だったし、ましてや下働《したばたら》きの子どもに見られるとは思わなかった。

「そうではない」わたしは、声を出して言わずにはいられなかった。「その子にはまだ一角獣のかがやきが残っている」

今度は女が桶を下《お》ろしはじめた。「おまえになにがわかる？　こじきのおまえに？」そしてわたしにつばを吐《は》きかけた。

子どもたちは、新しいいじめの標的《ひょうてき》があらわれたとばかりに、わたしのほうを向いた。わたし

は本来《ほんらい》のすがたにもどって、やつらのつまらぬちっぽけな首を二、三本へし折《お》ってやりたくなったが、ぐっとこらえた。石を投げられても、わたしは杖《つえ》を使って身を守ることさえせずに耐《た》えた。シベットに逃《に》げられたくなければ、つまらない誇《ほこ》りなど捨《す》てて、無力《むりょく》な老女《ろうじょ》をよそおい、背中《せなか》を向けるしかないのだ。

なにが起こっても耐えなければ。長い放浪《ほうろう》生活のあいだには、もっとひどい仕打《しう》ちや侮辱《ぶじょく》を受けたこともあったではないか。誇りなど、シベットをつかまえるのにくらべれば、たいしたことではない。

ところがそのとき、ソーンがいきなり桶《おけ》の水を子どもたちに浴《あ》びせかけた。自分のことは守ろうとしなかったのに、年よりのこじきをかばおうとしたのだ。

かん高い悲鳴を上《あ》げて、子どもたちはとびのいた。残された女は立ったまま、両手を大きくふりまわした。女にも水がかかったのだ。

「主人のノビーにしこたまたたかれるだろうよ。こんなことをして、この油断《ゆだん》のならないマムシめ」

そしてソーンの耳をつかむと、道を引きずっていった。うしろからびしょぬれになってわーわーはやしたてる子どもたちがつづき、押《お》しあいながら宿屋に入っていった。

わたしはぼうぜんとして、こおりついたようにその場に立ちつくしていた。長い年月、すがたを変えて人間の世界をさすらってきたけれど、人間に親切にされたのはこれがはじめてだった。わたしに分別《ふんべつ》があれば、すぐさまその場をはなれ、村の外でシベットを待ちぶせただろう。けれど、小さな恩人《おんじん》に背《せ》を向けることはどうしてもできなかった。

わたしは少年の落とした桶《おけ》を拾うと水をくみなおし、もう片方《かたほう》の手に杖《つえ》を持って宿屋のほうへもどっていった。

中庭《なかにわ》のほうから、女と子どもたちの勝ちほこった笑《わら》い声とともに、男のどなり声がひびいてきた。「これが、養《やしな》ってやったお礼か！」竹の棒《ぼう》がはだかの体を打つ音が聞こえた。「あの行商人《ぎょうしょうにん》がおまえを置いていってから、やっかいばかりかけおって」またバシッと音がした。「とうのむかしに追いだされてるはずなんだぞ」

けれども、ノビーとおぼしきその男がどんなに力まかせにたたいても、少年のさけび声はまったく聞こえなかった。

次は自分の番になりかねないので、わたしは宿屋ととなりの家のあいだをぬける脇道《わきみち》に入った。建物の裏手《うらて》にはせまい露地《ろじ》があって、むかいは村を囲《かこ》む防壁《ぼうへき》だった。宿屋の裏口があいている。暑さのせいだろう。

なかをのぞくと、横八メートル、たて五メートルくらいの長方形の台所が見えた。すみに大きな食料貯蔵庫《しょくりょうちょぞうこ》があり、その横に大きな陶器《とうき》のつぼがいくつも置いてある。もっと小さいつぼやびんや皿や茶わんは、棚《たな》にぎっしりならべられている。巨大《きょだい》な四角いれんがのかまどが、壁《かべ》の一面をほとんど占領《せんりょう》していて、そこから出るすすで壁と天井《てんじょう》が真っ黒になっていた。

戸口《とぐち》を入った右手に水桶《みずおけ》を置くと、わたしは杖《つえ》をひざにのせ、壁を背《せ》にして戸の左側《ひだりがわ》にすわった。ずいぶん前に、人間を相手にするときは、けっして背中を見せず、すぐそばに出口を確保《かくほ》しておくことを学んでいた。

ようやくソーンが台所に入ってきた。ソーンは痛《いた》みをおさえようとするように、ハッハッと短くあえいでいたけれど、なんとか口を開いた。「あんたはだれ？」

「シマーとお呼《よ》びなさい」わたしは身を乗りだして、しげしげとソーンをながめた。「教えてちょうだい。どうしてわたしを助けたの？　たたかれるとわかっていたのに」

「たたかれるのには慣《な》れてるさ」ソーンは肩《かた》をすくめようとして、痛みで顔をしかめた。

この少年の心には、きらりと光るするどい強さがある。よく切れる鋼《はがね》の刃《やいば》のように。「でも、どうしてわざわざたたかれるようなことを？」わたしはしつこく聞いた。

ソーンはかまどのそばの棚から小さなつぼを取った。

「あんたは、ぼくが一角獣《いっかくじゅう》を見たって言ったのを信じてくれたから」ソーンは口の片《かた》すみに笑《わら》いをうかべた。「たいていの人は、孤児《こじ》はうそつきにきまってるって思いこんでる」

「なんでそんなことを」わたしは信じられずに言った。「ここにも親切にしてくれるものはいるはず」

「おぼえてるかぎりではいないな」ソーンはわたしの前にしゃがみこんだ。

「でも、同情《どうじょう》してくれって言ってるんじゃないぞ」ソーンは警告《けいこく》した。「ただ事実《じじつ》を言っているだけだ」

「わかっている」わたしはすぐにうなずいた。けれど、このような場所では、そうした気高《けだか》い精《せい》神《しん》もむだになるだけだと思わずにはいられなかった。薪《まき》を切るのに、すぐれた剣《けん》を使ってならせてしまうように。

ソーンはつぼをさしだした。「傷《きず》に薬をぬってくれるかい？」

「もちろん」わたしはつぼを受けとった。

ソーンはシャツをぬいで、背中《せなか》をこちらへ向けた。きょう以外にもたたかれた傷が、いくつも交差《こうさ》して残っている。

「あんたと後家《ごけ》さんがいなかったら、本当に見まちがいだったかもしれないって思いはじめてたよ」

そっと薬をぬろうとしたけれど、わたしがふれるとソーンはビクッと身を引いた。

「後家《ごけ》というのは？」わたしはたずねた。

ソーンはまるでわたしにくすぐられているように身をくねらせ、ひざに両腕《りょううで》をのせた。

「だんなさんは粉屋《こなや》だったんだけど、亡《な》くなって、後家になったんだ。だから、〝果《は》ての森〟に住んでいる妹と暮《く》らすことにしたんだって。一角獣《いっかくじゅう》を見たなんて、幸運にめぐまれるにちがいないって言ってくれたんだ」

ソーンは、わたしが背中《せなか》に薬をぬっているあいだ、熱心《ねっしん》に後家のことを話した。この小さな宿屋に泊《と》まっているのは、その後家だけだったが、それでちょうどよかった。というのも、供《とも》のものたちで部屋《へや》がいっぱいになったからだ。輿《こし》かつぎのものや見張《みは》りだけでなく、従者《じゅうしゃ》もふたり連《つ》れていた。

「だけどおかしいんだ」ソーンはいかにもふしぎそうに言った。「どうしてあんな高価《こうか》な緑の絹《きぬ》のガウンを着ている人が、あんな安物《やすもの》の宝石《ほうせき》をつけているんだろう？」

つぼのふたをカチンと音を立ててもどしながら、わたしは興奮《こうふん》をかくせなかった。「宝石？」

ソーンは体をねじって、つぼを受けとった。「ただの青い小石さ」そして警告《けいこく》するように首をふった。「ぬすんだってしょうがないよ。もしそう考えてるんだったら」

わたしは口もとがゆるみそうになるのを必死でこらえた。少年があっさりかたづけてしまったその小石にこそ、失《うしな》われた故郷《こきょう》の海が入っているのだ。

「聞いてみただけ」とわたしは言った。

わたしはこのあたりの地理《ちり》を復習《ふくしゅう》しはじめた。南東にざっと三百キロほどいったところに、果《は》ての森はある。人間の住む村としては、〝猛獣使《もうじゅうつか》い〟の森にいちばん近い場所だ。猛獣使い自身も、邪悪《じゃあく》な老魔《ろうま》法使《ほうつか》いだった。おそらくシベットはまた別の悪事《あくじ》をたくらみ、猛獣使いの協力《きょうりょく》を求《もと》めにいくところなのだろう。

とすれば、人間たちに目的地《もくてきち》を知らせることはできない。猛獣使いの太古《たいこ》の森に進んで足をふみいれる人間など、いるわけがないからだ。しかし、妹のところへいくと言っておけば、だれも疑《うたが》ったりはしない。最後、人間たちの村を立ちさる瞬間《しゅんかん》まで、旅の真《しん》の目的をかくすことができる。それまで身分をいつわったまま旅をつづけられるというわけだ。

シベットをむかえうつにはどこがいちばんいいだろう？　当然《とうぜん》、村からすくなくとも数キロははなれていなければならない。村人たちがあの女に手を貸《か》すことができないように。

さっきちらりと目にしたシベットの見張《みは》りのことは、たいして心配していなかった。見張りと輿《こし》かつぎと従者《じゅうしゃ》が束《たば》になってかかってきても、このわたしを止めることはできない。

ソーンがふいに「ありがとう」と言ったので、わたしははっとわれに返った。桶《おけ》の水に気づいたらしい。

「それくらいしかできない」わたしはひざにのせた杖《つえ》を取ると、ゆっくりと立とうとした。

「どこへいくんだい？」ソーンはわたしの肩《かた》に手を置いて、またすわらせた。

「これから村じゅうのものが、後家《ごけ》さんの話す最近のできごとを聞きにここにくる」ソーンはかまどのそばに置いてある陶器《とうき》のつぼのほうへ歩いていくと、水を注《そそ》ぎ入れた。「ぼくたちふたりが立派《りっぱ》な宴会《えんかい》を開くくらいの残り物はじゅうぶん出るよ」

「本当にいかないと」とわたしは言ったけれど、少年の申《もう》し出《で》に心打《こころう》たれていた。自分こそ、ろくに食べていなくてやせ細っているというのに。「手に入る食べ物はすべて取っておきなさい」

「ぼくのおなかはたっぷりの食べ物に慣《な》れてないんだ」ソーンはつぼに水を注ぎおえ、桶を置いた。「こき使うなって文句《もんく》を言われちゃうよ。だからここにおいで」

久《ひさ》しくこのようなやさしさにふれていなかったため、わたしはどうやってことわっていいのかわからなかった。

「ありがとう」わたしは必死に立ちあがろうとした。「野菜《やさい》を切るのくらいは手伝《てつだ》える」

「いいよ、いいよ」ソーンはくぎにかかっていた包丁《ほうちょう》を手に取った。「今夜は、ぼくがもてなすから」王ですら、これ以上優雅《ゆうが》にほほえむことはできないだろう。

日がしずんですこしたつと、村人たちがすがたを見せはじめ、やがて宿屋はいっぱいになった。このような小さい村では、旅のものがきたとなれば、それがだれだろうと大さわぎなのだ。わたしはなかにいても平気《へいき》なのか不安《ふあん》だったけれど、ノビーは台所に一度もすがたを見せなかった。注文を受け、料理し、あたためた酒やうどんのどんぶりを、自分の体とおなじくらいある大きなお盆《ぼん》で運ぶのは、すべてソーンの役目だった。

けれども、たしかにソーンが予想《よそう》したように、残り物はたっぷり出た。ソーンはいままで、こんなにたくさんの食べ物を一度に口にしたことはないにちがいない。これから先も、またあるとは思えなかった。

わたしはといえば、食べ物のことはあまり頭になく、山の冷たい流れを思わせる後家《ごけ》の声を聞きもらすまいと熱心《ねっしん》に耳をかたむけていた。後家は国をおびやかしている暴動《ぼうどう》や追いはぎ、太古《たいこ》の森や山の暗《くら》やみから呼《よ》びさまされた奇妙《きみょう》な生き物たちのことを語った。

「正統《せいとう》な血すじの王が玉座《ぎょくざ》にもどるまでのしんぼうだ」ノビーが大声で言った。「そうすれば、すべてが正しくおさまる」

十二年前、王は北の荒野《こうや》で、せめこんできた騎馬民族《きばみんぞく》をしりぞけようとして、命を落とした。王妃《おうひ》と子どもは行方不明《ゆくえふめい》になり、王の将軍《しょうぐん》が代わりに王位《おうい》についた。この将軍は軍隊《ぐんたい》に入る前、肉屋で下働《したばたら》きをしていたので、肉切りブッチャーとあだなされていた。王冠《おうかん》を手に入れると、ブッチャーはその名にたがわず、敵《てき》も味方も同様《どうよう》に容赦《ようしゃ》なく殺《ころ》していった。国はどんどん荒《あ》れはてていった。

ソーンはすこしでもよく聞こえるように首をかたむけてすわっていたけれど、これを聞くと顔をしかめた。「最後にはいつもそうだ。真《しん》の王と王妃さえもどってくればって。そいつらが奇跡《きせき》でも起こせるみたいに」

「なんだろうと、ブッチャーよりましだと思うけれど」わたしは言った。「やつは自分のまわりを盗人《ぬすっと》やごろつきで固め、国の財産《ざいさん》をむだづかいしているだけだもの」

「あんたまで言いだすなよ」ソーンはうんざりした顔をした。

「さあ」わたしは腹《はら》をさすって、立ちあがった。「ありがとう、ソーン。これだけ食べれば、この先かなり持ちそうだ」

ソーンは野菜《やさい》のくずを拾おうとしていた手を止めた。「でも、あんたみたいな年よりの骨《ほね》に、外の寒さはそうとうひびくだろ？　かまどのそばで寝《ね》ていきなよ。ここはいつもあたたかくて気持ちがいいから」

シベットを待ちぶせする場所をさがしにいかなければならないのはわかっていた。けれども、旅に出てこのかた、こんなにあたたかくもてなされたのははじめてだった。何世紀ものあいだ、冷たいことばを投げつけられ、乱暴《らんぼう》にけられてきたあとでは、持っているほんのわずかなものを分けあたえてくれるものがいることが、奇跡《きせき》のように思えた。

「おまえはどうするの？」わたしは聞いた。

ソーンは親指でグイとうしろを指した。「ぼくは泥棒《どろぼう》が入らないように、食料貯蔵庫《しょくりょうちょぞうこ》のそばで寝なくちゃいけない。だからぼくのことは心配しないで」

それでも出ていくのは、まちがったことのように思えた。それに、すこしなら休んでいっても平気《へいき》だと、わたしは心のなかで思った。たまには、あたたかい場所で眠《ねむ》るのもいいかもしれない。ソーンが寝たら、こっそり出ていけばいい。それでも戦《たたか》いの場所をさがす時間はじゅうぶんある。

「ありがとう」わたしはソーンに向かってうなずいた。「では、すこしだけ」

そうしてよかったのだ。

第二章

　その夜は澄《す》んだ明るい月がのぼり、窓《まど》の桟《さん》のすきまから入る光が、床《ゆか》にトラの毛皮を思わせる縞《しま》もようの四角いかげを落としていた。

　そろそろいかなければならないのはわかっていたけれど、わたしは立ちさりがたくて、かまどに残ったあたたかさを味わいながらぐずぐずしていた。

　つかのま、わたしはおさないころにもどり、夕やみのなか、あたたかい故郷《こきょう》の海の水に洗《あら》われながら、母上《ははうえ》のかたわらでぷかぷかとただよっていた。わたしはうとうとしたり、黒いビロードのような空にまんまるの青白いサクランボのような星がたわわに実っているさまをながめたりした。たまにどちらかが足で水をかくこともあったけれど、たいていはただ内海《ないかい》のゆったりとした流れに身をまかせて、のんびりとただよっていった。

小さく、美しい海だった。天のおぼしめしがあれば、ふたたびそのすがたを取りもどすだろう。でも、ただここに横たわって思い出にひたっていても、そうはならない。

起きあがろうとしたそのとき、だれかが食堂《しょくどう》の食卓《しょくたく》にぶつかった音がした。わたしは息をひそめ、台所のほうへ近づいてくる足音に耳をすませた。

片方《かたほう》のまぶたをそっと持ちあげると、戸口《とぐち》に男が立っているのがぼんやりと見えた。最初はわたしをおそいにきたのだと思った。だが男は首をまわし、数メートルはなれた貯蔵庫《ちょぞうこ》の前で寝《ね》ているソーンをじっと見つめた。

なぜ？　そう思って、わたしははっと気づいた。一角獣《いっかくじゅう》はシベットの敵《てき》だ。善《ぜん》なるものはすべてそうなのだから。一角獣がソーンのもとにすがたをあらわしたのなら、ふたたびあらわれる可《か》能性《のうせい》はじゅうぶんある。そうなれば、青い小石を持った後家《ごけ》が、猛獣使《もうじゅうつか》いの森にほど近い場所へ向かっているという話を耳にすることもあるだろう。

シベットはしもべをやって、台所での会話をぬすみ聞きさせていたかもしれない。とすれば、ソーンがわたしのような見ず知らずのものにも喜んで、後家が自分のことを信じてくれたという話をしてしまうと、わかっているはずだ。ならば、少年を生かしておいて、次に一角獣があらわれたときに話が伝わるのをみすみすゆるすより、強盗《ごうとう》に見せかけて殺《ころ》してしまったほうがいいだろう。

シベットのしもべがもう一歩進んだ。人間の少年を救《すく》おうなんてどうかしている、とわたしは自分に言い聞かせた。自分の種族《しゅぞく》のことを考えるほうが、はるかに大切だ。

しもべはまたすうっとすべるように前へ出ると、月光の四角のかげのぎりぎり手前で足を止めた。シベットがこっそり逃《に》げだす前に、追いつめなければならない。何世紀ものあいだ、わたしと一族すべてが待ちつづけていた機会《きかい》をのがすわけにはいかない。

しもべは音もなくかざり帯《おび》の短剣《たんけん》をぬいた。三日月形の刃《は》が月光を受けて、宙《ちゅう》にうかぶおそろしい笑《え》みのようにきらりと光った。少年はあまりにも無力《むりょく》で、放《ほう》っておくことはできなかった。それに少年は、食べ物と寝床《ねどこ》をめぐみ、わたしを客人《きゃくじん》としてもてなしてくれたのだ。

短剣が視界《しかい》から消えた。しもべがひと息にとどめをさそうと、ふりあげたのだ。わたしはその黒いかげに飛びかかりながらもなお、自分のおろかさを呪《のろ》っていた。いや、おろかではすまない。一族を裏切《うらぎ》ったのだ。

しもべとわたしは横に転がって、かまどの上に重ねてかわかしてあった、つぼやなべや器《うつわ》や皿のなかにつっこんだ。そのままいっしょになってたおれると、ガラガラガラガラと、この世の終わりかと思うような音が鳴りひびいた。

「泥棒《どろぼう》だ！」ソーンが声をかぎりにさけんだ。だれかが貯蔵庫から食べ物をちょうだいしようとしたのは、これが最初ではないのだろう。

「泥棒だ！　みんな起きろ！」ソーンは大声でさけんだ。

しもべはふらふらしながら立ちあがって、宙《ちゅう》に切りつけたが、わたしはその首を腕《うで》でしめあげた。ただ完全《かんぜん》に動きを封《ふう》じるには、いまのすがたでは手も足も短すぎた。そのため、しもべがよろよろ動きまわると、人形のようにふりまわされた。

となりの部屋《へや》の女まで、大声でたいへんだとわめきはじめた。そのとき月光のなかに、ソーンのすがたが突然《とつぜん》うかびあがった。幅広《はばひろ》でぶあつい刃《は》の包丁《ほうちょう》をにぎっている。自分とはまるで関係のないところにのこのこ突《つ》っこんでくるとは、まさに人間のやりそうなことだ。

「下《さ》がっていなさい」わたしはソーンに命《めい》じた。

一瞬《いっしゅん》ためらってから、ソーンはやみのなかに消え、見えなくなった。しもべは体をくねらせ、ぐるぐる回って、背中《せなか》からわたしをふり落とそうとした。

すると、太ったがにまたの男が、片手《かたて》にろうそく、もう片方の手に石弓《いしゆみ》を持って台所にかけこんできた。がっしりともりあがった額《ひたい》に、もじゃもじゃの眉《まゆ》がしがみつくように生《は》えている。宿の主人、ノビーだろう。

「そこから動くな」ノビーはろうそくを床《ゆか》に置いて、石弓《いしゆみ》をかまえた。「おれはこいつの名手《めいしゅ》なんだ。四地区《ちく》の優勝者《ゆうしょうしゃ》なんだからな」が、弓の弦《つる》を引くのもわすれているところを見ると、とてもそうは思えなかった。

「弦を引いたらどう？」わたしはするどい口調《くちょう》で言った。「その口でこそ泥《どろ》を殺《ころ》せるというのなら別だけど」そしてしもべの首をますます強くしめつけると、こん身《しん》の力をこめてけとばした。

わたしの足はしもべのひざの裏《うら》にあたったようだった。かなり背《せ》の差《さ》があったからだ。しもべはうめき声をあげてたおれこむと、ドスッといやな音をたててかまどの角《かど》に頭をぶつけた。次の瞬間《しゅんかん》、わたしの腕《うで》のなかはからっぽになり、小さな紙切れがひらひらと床《ゆか》の上に舞《ま》い落ちた。魔物《もの》はほろびたのだ。

「待って、待ってくれ」ノビーはハーハーあえぎながら、ぎこちない手つきで弓の弦を引こうとした。

「もういい。やつは消えた」わたしはよろよろと立ちあがった。いまごろ、シベットも、輿《こし》もしもべたちも消えているにちがいない。「紙の兵士《へいし》だった」

「なんだって？」ノビーはさっと石弓をわたしに向けた。

わたしは足もとの紙切れを指さした。「後家《ごけ》が少年を殺《ころ》しにさしむけたの」

「でもどうして？」ノビーはわけがわからないらしく、怒《おこ》ったように眉《まゆ》をよせた。

「おそらく、少年が自分の正体《しょうたい》を一角獣《いっかくじゅう》にしゃべると思ったんでしょうね」

そう言いながら、ノビーのような頭のにぶい人間に説明するのが、急にめんどうになった。

「後家はすがたを消しているはず。しもべや輿《こし》の形に切りぬいた紙切れだけを残してね」

ノビーはうしろを向いて、妻《つま》に見てこいとどなった。しばらくして、だれもいないと妻がさけんだ。宿のあちこちに紙切れだけが残っていた。

「妖術《ようじゅつ》だ」ノビーはののしって、目を細めた。「それはそうと、おまえはここでなにをしている？」まるで無力《むりょく》な年よりのこじきを的《まと》にするほうが好《この》みだといわんばかりに、石弓《いしゆみ》をわたしに向けた。

「気《き》の毒《どく》に思ったんだ」ソーンは説明し、勇敢《ゆうかん》にもノビーとわたしのあいだに立ちはだかった。「だから、ここならあたたかいからひと晩泊《ばんと》まっていくようにすすめたんだ」

ノビーは石弓を下《さ》げ、腕《うで》を上《あ》げて手の甲《こう》でソーンをなぐろうとした。「外からくる盗人《ぬすっと》より、家のなかの盗人のほうがたちが悪い。おまえらふたりで、うちのものを飲み食いしていたんだな」

もうこの男にはうんざりだ。わたしは床《ゆか》に落ちていた杖《つえ》をつかむと、ソーンの頭の上から、雇《やと》い主《ぬし》の鼻先めがけて突《つ》きだした。

ノビーはひょいと頭を下《さ》げたけれど、杖の先はまた目の前にあった。ノビーは横へ飛んだ。さらにあちこち動いて杖をよけようとしたけれど、わたしはつねに一寸《すん》の狂《くる》いもなく目の前に杖を突きつけた。ノビーが石弓《いしゆみ》をかまえようとしたので、わたしはうなり声をあげた。「むだよ。やめないと、おまえのその……鼻と称《しょう》しているものをへし折《お》ってやる」

ノビーは石弓を床に向けたまま、ごくんとつばを飲んだ。「めぐんでやった恩《おん》をわすれたか？」

わたしは足でソーンをわきへ押《お》しやり、戦《たたか》う場所をあけた。

「おまえのようなものにはうんざりだ」わたしはノビーをにらみつけた。「酒を水でうすめ、肉まんじゅうの中身をけちり、弱いものに恥知《はじし》らずなおこないをする」

ノビーは怒《おこ》ったようにふんぞりかえってみせた。「いいか……」

口を開きかけたノビーの鼻柱《はなばしら》に、わたしは杖の先端《せんたん》を突きつけた。ノビーの目が、杖を見つめてより目になった。

「ウッ、そ、そうだな。人それぞれ、意見ってものはちがうからな」

「いったいどうしたんだい？」女の声がひびいた。

ふりかえると、ぼさぼさ髪《がみ》の女がいた。ノビーの女房《にょうぼう》だろう。

「ちょっとした意見の相違《そうい》があって、話しあっているだけよ」

「あぶない！」ソーンがさけんで、わたしの横から飛びかかった。石弓《いしゆみ》の弦《つる》がビュンとうなり、太矢《ふとや》が床《ゆか》に深く突《つ》きささった。わたしが女房に気を取られているあいだに、ノビーが矢を放《はな》ったのだ。けれど、ソーンがノビーの腕《うで》をつかんだおかげで、ねらいははずれた。

「くそ、この恩知《おんし》らずのこそ泥《どろ》め」ノビーは少年を壁《かべ》にたたきつけた。

「もうたくさん！」わたしは杖《つえ》をノビーの脳天《のうてん》めがけてふりおろした。ノビーはばったりと床にたおれた。

「助けて！　泥棒《どろぼう》だ！　盗人《ぬすっと》だよ！」ノビーの女房は声をかぎりにさけびながら、逃《に》げていった。

わたしは杖を下《お》ろし、先を少年にさしだした。

「おまえは命の恩人《おんじん》だわ」わたしはおどろきながらも言った。

ソーンは杖の先をつかみ、ぐっと引いて起きあがった。「そっちもだよ」

やっかいなことになってしまった。少年をノビーのもとに置いていくことはできない。ノビーが目をさましたら、ひどい目にあうだろう。ということは、つれていくしかない。すくなくとも、ノビーの手のとどかないところまでは、いっしょにいくほかないだろう。

「いっしょにきなさい」わたしはしぶしぶ言った。

ソーンは杖《つえ》をはなして、ズボンのしりについたほこりをはらった。「でも、あと五年働く取りきめなんだ」

わたしは大またでかまどに歩《あゆ》みよった。「おまえは、この太ったおろかものになんの借《か》りもない。竹の棒《ぼう》でなぐられたその日からね」

わたしは包丁《ほうちょう》と火打石《ひうちいし》を拾うと、ソーンにわたした。「ほら、前の雇《やと》い主《ぬし》からのおくりものよ。取っておきなさい」

ソーンは包丁と石をてのひらにのせたまま、ぼうぜんとしていた。「でも、友好《ゆうこう》の村以外、どこも知らないんだ」

「フン」わたしはうんざりして鼻を鳴らした。「トラのおりの戸をあけることはできても、外へ出すことはできないということわざがあるわね」

「こわがってなんかいない」ソーンは包丁と石を腰《こし》の帯《おび》に押《お》しこんだ。「これもいるだろう」ソーンは袋《ふくろ》と、ひものついたひょうたんを取った。

「わたしたちは逃《に》げようとしているので、遠足《えんそく》にいくわけじゃない」わたしは裏口《うらぐち》に立って手をふり、ソーンをせきたてた。「どうして人間というのは、歩けないほどの荷物《にもつ》を持とうとするの？」

「あんたはかすみを食《く》って生きていけるかもしれないけど、ぼくはそうはいかないのさ」

少年はすばやく残りものを袋《ふくろ》につめ、ひょうたんに水を満《み》たした。そして肩《かた》からひもをかけると、わたしのほうに歩いてきた。「さあ、用意ができたよ」

第四章

　わたしたちは裏口《うらぐち》からこっそり台所をぬけだし、せまい露地《ろじ》を横ぎって村の高い防壁《ぼうへき》までいった。わたしは杖《つえ》を半メートルほどの高さに持ちあげ、地面と平行に持った。「さあ、乗って」

　ソーンはちらりとわたしのかぼそい腕《うで》を見て、ためらった。さっきソーンが立つのに杖を貸《か》したけれど、全体重をささえるのとはわけがちがう。わたしにそんなことができるはずがないと思っているのは、すぐわかった。

「乗って」わたしはうなずいて、ソーンをうながした。「村のものに見つかる前に」

　ソーンは足を上《あ》げて、たしかめるように杖に乗せた。そして太い木の枝《えだ》のようにびくともしないのを知《し》って、目を見ひらいてわたしを見た。

「本当は年よりのばあさんなんかじゃないんだな？」ソーンは疑《うたが》わしげに眉《まゆ》をひそめた。「魔女《まじょ》か？」

「その舌《した》を洗《あら》って出なおすのね」わたしはぴしゃりと言った。「わたしは魔女などではないわ。あのものたちの魔法など、しょせん盗人《ぬすっと》の技《わざ》にすぎない」そしてそれ以上ソーンに質問《しつもん》するひまをあたえず、「さあのぼって」と言って、杖《つえ》をぐいと持ちあげた。ソーンはすべりおちそうになったけれど、もう片方《かたほう》の足も杖に乗せ、両手を壁《かべ》について体をささえた。そして、なんとか防壁《ぼうへき》の上によじのぼった。

わたしはひょいと飛びあがって、ソーンの横に立った。

「杖の端《はし》にしっかりつかまっていて」わたしはソーンに命《めい》じた。今度は一瞬《いっしゅん》のためらいもなく、ソーンはしたがった。わたしはソーンを、防壁の外の、村の片側《かたがわ》を囲《かこ》むように広がっている果樹《かじゅ》園《えん》のなかに下《お》ろした。それから杖を投げ、自分もその横に降《お》りたった。そしてソーンに息をつくひまもあたえず、走りだした。

「早く」わたしはソーンに手まねきして、木立《こだち》のなかに身をかくした。

村のどこかで警鐘《けいしょう》が鳴りはじめ、村人たちが口々にさけびだした。山賊《さんぞく》の襲撃《しゅうげき》かなにかだと思っているらしい。なにが起きたかはっきりするまでには、しばらくかかるだろう。

丘《おか》のふもとまでくると、わたしは手を上《あ》げてソーンを制《せい》し、足を止めた。畑に人のすがたはなかった。

「いいわ」わたしはつぶやいた。「すがたを変える時間はある」

「なにに変わるつもりだ？」少年はじっとわたしを見た。そして手を包丁《ほうちょう》の柄《え》にかけた。「おまえは何者だ？」

これ以上仮《かり》のすがたをしている理由などなにもない。説明するよりも、行動するほうが早い。

わたしは木からはなれ、堂々《どうどう》と立った。「わが種族《しゅぞく》は、生《い》きとし生《い》けるもののなかでもっとも古くもっともすぐれたもの」

わたしは額《ひたい》にかくされた真珠《しんじゅ》に手を押《お》しあて、宙《ちゅう》に太古《たいこ》のしるしをえがいた。そして言いなれた呪文《じゅもん》をとなえはじめた。

ところが、わたしのつま先から足が引きつりだしたのを見て、少年はおびえた顔をした。

「ぐあいが悪いのかい？」少年はわたしを助けようと、一歩前へ出た。

「まったく」わたしはいらだってさけんだ。「おとなしく見ていることもできないの？」

ふるえが足から全身を突《つ》きぬけ、声がふるえた。「下《さ》がれ」

ふいに腰《こし》のあたりにするどい痛《いた》みが走るや、背骨《せぼね》がぐんぐんのびはじめ、もとの三メートルの長さにもどった。次に首がのびてぬっと頭が突《つ》きだし、あごがきりきりと痛《いた》んで大きくはりだしてしかるべき鼻があらわれた。なによりも不快《ふかい》なのが、皮膚《ひふ》が固くなりうろこになるときに感じる、カサカサしたかゆみだった。けれど、指がぐっと曲がり、かぎづめに変わるまで、掻《か》かずに耐《た》えた。

少年の目はおどろきのあまり、顔から飛び出そうだった。「竜《りゅう》だったんだ」

「ただの竜ではない」わたしは、すぐさままちがいを正《ただ》した。「王族のしるしである五つのかぎづめが目に入らないの？」

そしてそれを証明《しょうめい》するために、もとのすがたを取りもどした足を一本持ちあげようとしたとき、肩甲骨《けんこうこつ》が大きな弧《こ》をえがいて肩《かた》からはりだしはじめた。

その瞬間《しゅんかん》をじっくりと味わうために、わたしはふりかえって、骨《ほね》が優雅《ゆうが》な曲線《きょくせん》をえがいてのびていくさまをながめた。皮膚がぴんとはって銀色をおびた緑に変わり、玉虫色《たまむしいろ》の渦巻《うずまき》もようのついたうろことなった。最後にさっと翼《つばさ》を広げると、何千もの小さな虹《にじ》がせわしげにかがやいた。

少年は近よってきて、いきなりわたしの鼻面《はなづら》に自分の鼻を押《お》しつけた。「たしかに王族の竜かもしれない」まるで自分に向かって言っているようだった。「でも、おなじやさしい目をしている」

「やさしさなど、おろかものの言いぐさ」わたしはぞんざいに少年を押《お》しのけた。「わたしはけっして、おろかものではない」

「でも……」ソーンは文句《もんく》を言おうとした。

「よくお聞き」わたしは、かぎづめを左右にふった。「どんな相手にも、けっして油断《ゆだん》してはだめ。でないと、すきを見せたら最後、背中《せなか》に短剣《たんけん》を突《つ》きたてられる」

そのとき、門がバンと音をたてて開いた。さっとふりむくと、丘《おか》の頂《いただき》までつづく木のこずえごしに、たいまつの光を反射《はんしゃ》してきらめく刀や槍《やり》が見えた。暴徒《ぼうと》と化《か》した村人たちに囲《かこ》まれたら、めんどうなことになる。

少年もおなじことを思ったにちがいない。「つかまる前に、飛んで逃《に》げたほうがいいよ」

わたしは飛びたつまえに、筋肉《きんにく》をほぐそうと肩《かた》をくねらせた。準備運動《じゅんびうんどう》不足《そく》で、飛んでいる最《さい》中《ちゅう》にけいれんを起こすのはごめんだった。「それでおまえはどうするの?」

ソーンは両手を横に広げた。「走るさ」

わたしは、肥《こ》えた土に前足を深く突きたてた。

「それで、みすみすノビーにつかまろうっていうの?」わたしはソーンに向かって頭をふりたてた。「こうなったら、最後まで助けるしかないわね」

わたしは身をかがめた。「いい？　わたしを飛ぶ船かなにかだと思わないで。どこか友好《ゆうこう》の村からはなれたところで下《お》ろすわ」

そのとき、わたしのすがたを見た村人たちが、おどろいてさけぶのが聞こえた。

「あとは飛びながら話しましょう」わたしは首をのばした。「乗って」

少年はちらりとわたしを見て、押《お》しよせてくる村人を見やり、それからもう一度わたしを見た。

「なんだって、ノビーよりはましさ」ソーンはそう言って、わたしの首ねっこによじのぼった。

「腕《うで》と足をしっかりまわしてつかまるのよ」わたしは注意した。「飛行術《ひこうじゅつ》の先生はいつも、トラが獲物《えもの》に飛びかかるように、雲に向かって飛びたてとおっしゃっていた」

「急いでいきたいんじゃなかったの？」ソーンはふざけるように言った。「どうしてしゃべりつづけてるわけ？」

「おまえに警告《けいこく》しておこうと思っただけよ」

わたしは気をはりつめると、尾《お》で地面をたたいて空に向かって飛びあがった。地面をはなれるのはひさしぶりだった。うすく弾力《だんりょく》のある翼《つばさ》でとらえた空気を、地面に向かって荒々《あらあら》しくたたきつけ、ぐんぐん上昇《じょうしょう》していく。一刻《いっこく》も早く土をはなれ、あまく澄《す》んだ空気のあるところにたどりつこうと、わたしはさらに速くはばたいた。

飛んでいるうちに心がおどり、わたしは体をかたむけて、すべるようにひっくりかえると、たてつづけに数回、宙返《ちゅうがえ》りをした。世界がぐるぐる回った。

「あぶないよ」ソーンがさけんだ。

笑《わら》いがはじけ飛んだ。「竜《りゅう》の王女たるもの、王女らしく飛ばなければ。安全に旅をしたいのなら、のろくてくさいラクダでもさがすがいいわ」

そしてもう一度空を切るように輪《わ》をえがいてから、体勢《たいせい》をもとにもどした。

頭上《ずじょう》に広がる空は晴れわたり、悪意《あくい》のかけらもないように感じられた。でも、本当はそうでないことをわたしは知っていた。織《お》りたての絹《きぬ》のようになめらかに思える空気も、実《じつ》ははげしい潮《しお》の逆《さか》まく大海《たいかい》なのだ。

強風《きょうふう》が吹《ふ》きあれているところまでくると、やわらかなシュウシュウという音があたりを満《み》たしていた。風は、羽毛《うもう》でおおわれた大蛇《だいじゃ》のように、わたしたちにまとわりついてくる。けれど、その羽毛のような感触《かんしょく》も、その下の鋼《はがね》のように固い筋肉《きんにく》をかくすことはできなかった。機会《きかい》さえあれば、わたしたちを地上へ突《つ》き落とそうとねらっているのだ。でも、わたしはそのような未熟者《みじゅくもの》ではない。

わたしは風を縫《ぬ》うように体をくねらせ、高く舞《ま》いあがって、風の背《せ》から背へ飛びうつった。そして、南東に向かって翔《か》ける風をとらえた。わたしは風の波うつ背《せ》に翼《つばさ》を広げてまたがり、眼下《がんか》に広がる地面の起伏《きふく》に合わせて上下する風を御《ぎょ》して、一直線にシベットを追った。

第五章

最初、ぼくは竜《りゅう》に乗って飛んでいることに興奮《こうふん》し、ほかのことはなにひとつ考えなかった。これまでぼくは、友好《ゆうこう》の村から外に出たことがなかった。すくなくとも記憶《きおく》にはない。でも、いまこうして空を飛び、世界を見おろしているのだ。

川は月光を浴《あ》びて銀のリボンのようにかがやき、畑がつらなるさまは、まるで色とりどりのやわらかい古布《ふるぬの》をつなげたようで、あたり一帯《いったい》が巨大《きょだい》なキルトをふわりとかぶせたように見えた。

けれども、飛ぶのを楽しむひまもなく、シマーがたずねた。「さあ、どこで下《お》ろしてほしい？」

突然《とつぜん》ぼくは、体のなかにぽっかりと穴《あな》があいたようなおそろしい気持ちになった。まるで竜の首から引きはがされて、さあこれからは自分の両手ではばたいて飛べ、と言われたようだった。

ノビーのところでの暮《く》らしはつらかったけれど、すくなくとも自分がだれで、なにをすればいいか、いつもわかっていた。だからこれからまったく自由になるのだと思うと、むしろ身がすくむように感じた。

「いっしょにいっちゃだめ？」ぼくはわらにもすがる思いで聞いた。

「危険《きけん》すぎる」シマーは頭上《ずじょう》の星を見て、針路《しんろ》をわずかに修正《しゅうせい》した。「あの後家《ごけ》は、本当はシベットと呼《よ》ばれる邪悪《じゃあく》な魔物《まもの》なの。わたしの故郷《こきょう》の海をぬすんで、青い小石に封《ふう》じこめてしまった」

顔に冷たい風が吹きつけ、鼻がむずがゆくなってきた。

「その魔女《まじょ》の話なら聞いたことがある」自分がまったく無知《むち》ではないことを見せたかっただけだった。でも、言うべきではなかった。

シマーがはばたくのをわすれたせいで、ぼくたちは数メートル落下した。

「けっこうなことね」シマーは憤然《ふんぜん》とまくしたてた。「一族の悲劇《ひげき》がたんなる伝説《でんせつ》になるなんて。おまえたち人間の寿命《じゅみょう》は短い。だから実際《じっさい》起こったことも、世代《せだい》が変わるにつれ物語になってしまう。ご参考《さんこう》までに言っておくけれど、シベットは魔女ではない。川の神の妻《つま》よ。あるとき夫《おっと》をほろぼし、その魔力《まりょく》を自分のものにした。〝峡谷《きょうこく》の町〟の人間たちはあの女になやまされていたけれど、わたしたちは本気では心配していなかった。けれどある夜、あの女はやってきて、わたしたちの海をうばいさった」

「ぼくはきみみたいに長く生きられないんだから、しかたがないだろ」ぼくは肩《かた》に鼻《はな》をこすりつけて、くしゃみをするまいとした。

「そうね」竜《りゅう》は不満《ふまん》そうだった。そして翼《つばさ》をさらに速く、そして力強くはばたかせた。シベットのことを考えるだけで、いてもたってもいられなくなるようだった。

「でも、これでどうして危険《きけん》かわかったでしょう？　わたしは、どんなことをしてでもシベットをつかまえるつもり。たとえ焚《た》き火《び》のなかを這《は》いまわるミミズにすがたを変えなくてはいけないとしても」

「そんなにひどいことになると思うの？」ぼくはこの新しい仲間のことが心配になりはじめた。

「それだけではすまないかもしれない」シマーは、地平線《ちへいせん》上にぽつんと見える緑の点をあごで示《しめ》した。「おそらくあの女は森の猛獣使《もうじゅうつか》いのもとへ向かっている」

その邪悪《じゃあく》な魔法使いの話も、聞いたことがあった。呼《よ》び名《な》のとおり、奇怪《きかい》な獣《けもの》たちを飼《か》っていて、人間を村ごと奴隷《どれい》にしていたという。でもずっと、つくり話だと思っていた。

「つまり……」ぼくはおそるおそる聞いた。「猛獣使《もうじゅうつか》いも本当にいるってこと？」

「もちろん」シマーはぼくのばかさ加減《かげん》にうんざりしたように、ぴしゃりと言った。「二千年ほど前まで、猛獣使いは本物の魔法使《まほうつか》いだった。ひじょうに魔術《まじゅつ》にたけていたけれど、結局《けっきょく》はそのために他人だけでなく自分の身もほろぼすことになった。奴隷《どれい》たちが反乱《はんらん》を起こし、はげしい戦《たたか》いがくりひろげられたの。多くの奴隷が命を落としたけれど、猛獣使いのほうも、飼《か》っていた怪物《かいぶつ》たちをすべて殺《ころ》され、魔力もほとんど使いはたした」

「話では魔法使いも死んだってことになっていたけど」

「物語というのは、つねに終わりはめでたしめでたしですからね」シマーはふっと苦々《にがにが》しい笑《わら》いをもらした。「残念《ざんねん》ながら、現実《げんじつ》はそうはいかない。猛獣使いには、まだ最後の魔法が残っていた。霧《きり》の石と呼《よ》ばれる宝玉《ほうぎょく》よ。それを使って雲にすがたを変え、難攻不落《なんこうふらく》の塔《とう》に逃《に》げこんだ」

　そんな危険《きけん》に向かっていくのは望《のぞ》むところとは言えなかったけれど、シマーをひとりでシベットや猛獣使いに立ちむかわせるわけにはいかない。

「いっしょにいくよ」ぼくは申《もう》し出た。「助けが必要だろう？」

　シマーは、首ねっこにしがみついているぼくにかまわず、長くほっそりとした首をひょいとひねって、やさしい、けれどばかにした目つきでぼくを見た。

「おまえなど役に立たない。その歯では小枝《こえだ》すらかみきれないはず」

「ぼくには刀がある」ぼくはがんこに言いはった。

シマーは自慢《じまん》げに足を上《あ》げてぼくに見せた。「おまえの包丁《ほうちょう》などより、わたしのかぎづめ一本のほうがよっぽど長くてするどいわ」

シマーの高慢《こうまん》ちきな態度《たいど》に、ぼくはだんだんいらいらしてきた。「それでも、ぼくだったら、助けがあればありがたいと思うだろうな」

「言わせてもらうけれど」シマーはフンと鼻を鳴らした。「人間というのは、群《む》れていないと勇《ゆう》気《き》も出せないじゃないの」

これには本当に頭にきた。「ノビーが石弓《いしゆみ》で射《い》ようとしたとき、命を救《すく》ったじゃないか」

けれども、それを言ったせいで、シマーはかえっていらだった。「それと、正々堂々《せいせいどうどう》と戦《たたか》いぬくのとはちがう」

ぼくは、人間の名誉《めいよ》を守らなければならないような気持ちになっていた。

「いいよ」ぼくは深く息を吸《す》って、いっぺんに吐《は》きだした。「もしぼくが逃《に》げたり、きみに迷惑《めいわく》をかけたりしたら、見すてればいいさ。でもぼくはけっして期待《きたい》にそむいたりしない。見ていてよ」

「思いきった約束《やくそく》をしたものね」シマーはあざけるように言った。「でも、守れるかしら？」

「ぼくをつれていってみなくちゃ、わからないだろ」ぼくは指摘《してき》した。

シマーは、ぼくを冷たい、なにもかも知りつくした目でじっと見た。「よくお聞き。おまえがわたしといっしょにいようとしているのは、友好《ゆうこう》の村の外ではわたししか知っているものがいないからよ。本当にわたしといっしょにきたいわけではないわ。そう思いこんでいるだけ」

たぶん、そのとおりだった。だけど、みとめたくなかった。シマーの首に腕《うで》をまわすと、皮膚《ひふ》の下で力強い筋肉《きんにく》が波うっているのが感じられた。シマーは強く、自信に満《み》ちあふれていて、いっしょにいると、友好の村のだれといたときよりも安心できた。それに、この世界でたったひとりぼっちになるのは、まだ架空《かくう》の人物《じんぶつ》としか思えないシベットや猛獣使《もうじゅうつか》いよりも、はるかにおそろしいことに思えた。

「ぼくを下《お》ろしていったってむだだよ」ぼくは言った。「歩いて追いかけるから」

シマーは顔をしかめた。「ばかなことを言わないで。これはおまえの戦《たたか》いではない」

「いいや、ぼくの戦いだ」ぼくは言いはった。「だって、シベットはぼくを殺《ころ》そうとしたんだから」

シマーは、心底《しんそこ》けげんそうに濃《こ》い眉《まゆ》をひそめた。「人間というのは、竜《りゅう》とちがって仇《かたき》を討《う》つことなどうでもいいのかと思っていたけど」

シマーの心をつかんだようだ。物語では、竜《りゅう》は命よりも名誉《めいよ》や評判《ひょうばん》を重《おも》んじるという。一度受けたうらみは、何千年、何世代《せだい》にもわたって受けつがれるらしい。すくなくとも、物語もひとつは本当のことを語っていたわけだ。

「ぼくはシベットに復讐《ふくしゅう》する」ぼくはなるべく決然《けつぜん》と、勇《いさ》ましく聞こえるように言った。

「順番《じゅんばん》を待つことになるでしょうね」シマーはまた星を見あげ、針路《しんろ》を修正《しゅうせい》した。「でも、人が名誉を守ろうとしているときに、じゃまをするつもりはないわ」

シマーはふたたび前を見すえた。「ただし、わたしとくれば、短い人生を送ることになるかもしれない――ひまをもてあますことはないにしてもね」

第六章

勇者《ゆうしゃ》のつもりの人間の少年とわたしは、日の出の一時間ほど前に猛獣使《もうじゅうつか》いの森についた。木々がぎっしりと生《は》え、そのてっぺんがつらなるさまは、まるで緑色の波立つ海が魔法《まほう》でこおりついたようだった。

「こんなふうに木におおわれるまえは、果樹園《かじゅえん》や庭園だったのよ」わたしは言った。

「シベットのいるところは近い？」少年はたずねた。

「本当に猛獣使いのところにいるなら、まだ数キロははなれているわ」

わたしは森をさっと見わたして、せまい空《あ》き地《ち》を見つけた。

「できれば不意《ふい》を討《う》ちたい。このまま飛んでいくわけにはいかないから、しっかりつかまっていて」わたしは体をかたむけ、じょじょにまわる輪《わ》をちぢめながら下降《かこう》していった。

わたしは、ネコのようにしなやかに着地《ちゃくち》した。ずいぶん長いあいだ飛んでいなかったことを思えば、悪くない出来《でき》だった。わたしは首をふって、少年に降《お》りるよう合図《あいず》した。「さあ、すがたを変えましょうか」

「ぼくもってこと?」少年は地面にすべりおりながら聞いた。

「シベットに、おまえだと気づかれてはこまるでしょ」わたしは意地悪《いじわる》く笑《わら》った。「一瞬《いっしゅん》のうちに、魔《ま》法《ほう》で燃《も》えがらにされるわ」

「剣《けん》を持った大男にしてくれない?」少年は身を乗りだすようにしてたずねた。

「シベットがおびえて逃《に》げてもこまるわ」わたしは笑って、額《ひたい》に前足をやった。魔法の真珠《しんじゅ》は、額のしわのなかにかくされていた。母上《ははうえ》がのこしてくれたこの真珠をほしがるものは、たくさんいたのだ。わたしはぶつぶつと呪文《じゅもん》をとなえ、しるしをえがいて、すばやく魔法をかけた。

たちまち少年の胴体《どうたい》と手足がにゅっとのびた。少年は不満《ふまん》そうに、がにまたの足と土色の細い腕《うで》をながめた。「思っていたのとちがうな」

「魔法というのはそういうものよ」わたしはふたたび真珠にふれ、自分も年よりの巡礼者《じゅんれいしゃ》にすがたを変えた。そしてつい、肩甲骨《けんこうこつ》のあたりをくねらせた。「人間のすがたになっていちばんいやなのは、翼《つばさ》があるはずの場所がかゆくなることだわ」

少年はさっと手をのばすと、肩甲骨《けんこうこつ》のあたりをぽりぽりと掻《か》いてくれた。「どう？　すこしはよくなった？」

わたしはしばらくもぞもぞしていたけれど、おちついた。

「だいぶいいわ」わたしは、満足してため息をついた。

「ほらね」少年はわたしに向かって言った。「だれだって、仲間が必要なんだ。背中《せなか》を掻いてもらうためだけだとしてもね」

しかし、わたしは少年にかんちがいさせたくなかった。「木の枝《えだ》で、背中を掻くこともできる。それに枝は、お礼を求《もと》めたりはしないわ」

四キロほど歩いて、わたしたちは、猛獣使《もうじゅうつか》いが治《おさ》めていたかつての都《みやこ》のはずれまできた。少年はぴたりと足を止めた。

「なにがあったの？」少年は前のほうにそびえる、くずれかかった建物を指さした。

「ここが猛獣使いの都よ」わたしは手をぐるりと回した。「というより、都だったと言ったほうが正しいわね」

その建物は、上にいくにつれ小さくなる段《だん》が五、六段積《つ》みかさねてあり、全体ではおおよそピラミッドのような形をしていた。けれども、割《わ》れた敷石《しきいし》のあいだからは木が生《は》え、上のほうにはつるがからまっていて、もはや建物というより草の生《お》いしげった緑の塚《つか》のように見えた。

ソーンは考えこんだようすで頰《ほお》をこすった。「どうしてこっちの方向でいいってわかるの？」

「猛獣使《もうじゅうつか》いの都《みやこ》は、塔《とう》を中心にして車輪《しゃりん》の輻《や》のように道が敷《し》かれていると言われていた」わたしは、日のささない草の生えた大通りを指さした。「だから、ただまっすぐ進めばいいはずよ」

突然《とつぜん》、少年がさっとふりむいた。わたしも、つられておなじ方向を見たけれど、だれもいなかった。それでも、まだ少年は頭のうしろをさすっていた。

「さっきからだれかに見られているような気がするんだ」

「人間たちはとっくのむかしに亡霊《ぼうれい》になっている」わたしは少年の背中《せなか》を押《お》して、前へ歩かせた。「猛獣使いのペットだった怪物《かいぶつ》たちも、戦《たたか》いで死んだのよ」

かつて石の敷いてあった通りも、いまでは葉や土が厚《あつ》く積《つ》もっていた。死の都の奥深《おくふか》くに入っていくにつれ、生えている木の種類《しゅるい》も変わり、わずかな土に根づくものや、太い綱《つな》のような根を土や石の上に這《は》わせているものが見られるようになった。

しかし、一歩一歩進むにつれ、わたしも少年とおなじように不気味《ぶきみ》な感覚《かんかく》におそわれるようになった。もう一度うしろをふりかえってみたけれど、なにも見えない。少年の空想《くうそう》にこちらまで惑《まど》わされてはならない、と自分に言い聞かせた。

ようやくおちつきを取りもどしかけたとき、少年がギョッとしたように息をのんだ。さっとふりかえると、木の幹《みき》から顔がじっとわたしを見つめていた。

最初、わたしは木のなかに人がいるのだと思った。だがすぐに、謎《なぞ》めいたおだやかな笑《え》みをうかべた彫像《ちょうぞう》だと気づいた。像を取りかこむように木がじわじわと枝《えだ》をのばし、顔だけを残してのみつくしてしまったのだった。

「おどろかせないで」わたしはきつい口調《くちょう》で言うと、少年を引きずるように通りを進んでいった。

かつては、道の両側《りょうがわ》に像がならべられていたのだろう。けれども、いまや森がだんだんとその場所をうばいはじめていた。ほとんどの像はすっかりのみこまれ、木々に取って代わられていた。先ほどの顔のついた木のように、まだ完全《かんぜん》にのみつくされていないものもある。ときおり目につく、木の幹から大理石《だいりせき》の手や足が突《つ》きだしているものは、まるで半分人間で半分木のようだった。

そのうち、木々がわたしたちのほうにまでその枝《えだ》をのばそうとしているような気がしてきた。いまやこの都《みやこ》は森のものなのだ。森は、動くものすべてをにくんでいる。もし歩くのをやめたら——そう、一瞬《いっしゅん》たりとも立ち止まろうものなら、たちまちのみこまれてしまうだろう。

都の奥深《おくふか》くに入れば入るほど、木々はますますうっそうと生《お》いしげり、最後には木と木のあいだがほとんどなくなって、両側《りょうがわ》ががんじょうな壁《かべ》のようになった。頭上《ずじょう》にのびる枝《えだ》もますますからみあい、とうとう太陽の光も完全《かんぜん》にさえぎられた。枝から大きなかたまりになって垂《た》れさがったコケだけが、ぼんやりとした光を放《はな》っている。わたしたちはきたならしいべとべとしたコケにふれないように、頭を低くかがめて進んだ。

突然《とつぜん》、右のほうでカサカサッと音がした。わたしは心臓《しんぞう》が止まりそうになった。すかさず枝に目を走らせたけれど、ずたずたに引きさかれた帳《とばり》のようなコケが垂れさがっているだけだ。「きっとただのトカゲだわ」おろかなおくびょう風に吹《ふ》かれた自分を笑《わら》おうとしたとき、今度は左からガサガサッという音がした。

「二匹《ひき》いるわけね」それとも、猛獣使《もうじゅうつか》いは力を取りもどして、またペットの怪物《かいぶつ》たちを集めはじめたのだろうか？

そろそろと進みはじめると、まわりじゅうで木々がざわめき、まるで目に見えない生き物がならんで歩いているかのように、細い枝がパキパキと鳴った。少年とわたしは本能的《ほんのうてき》に身をよせあい、ほとんど歩調《ほちょう》をそろえるように進んだ。

わたしは、すがたの見えない同行者《どうこうしゃ》をさがして木のほうばかり見ていたので、木の根が目に入らず、つまずいてしまった。

「だいじょうぶかい？」ソーンは不安《ふあん》そうに木を見やった。

「ええ」わたしはあわてて体を起こした。けれども、人間のすがたでいたため、むこうずねにいとも簡単《かんたん》にあざができてしまったことが、腹立《はらだ》たしくてしょうがなかった。わたしは前方《ぜんぽう》にのびている道をながめ、思わず不安からうなり声をもらした。木の根が、もつれた巨大《きょだい》な毛糸のように道をおおいつくしていた。

「散歩《さんぽ》っていうのは、気持ちがいいわね」

うしろから、ホーホーと不吉《ふきつ》な鳴《な》き声がひびいてきた。まるで巨大なフクロウの化《ば》け物《もの》が、かくれがからじっとこちらをうかがっているように。

「ただの小鳥よ。どうってことないわ」わたしはソーンを安心させようとした。けれど、わたし自身、声の主《ぬし》と出くわすのが待ちどおしいわけではなかった。

「っていうより、そうだといいと思ってるんだろ」ソーンは用心のため、帯《おび》からさっと包丁《ほうちょう》をぬいた。

「どちらにしろ、ここでぐずぐずして正体《しょうたい》を見きわめる必要はないわ」わたしは急いで立ちあがった。今度ばかりは少年もすぐにうなずいた。

けれども歩いていくにつれ、コケは木の幹《みき》や根にも見られるようになった。根につまずかなくても、ぬるぬるしたコケに足を取られた。

さらに悪いことに、木々はさらにあいだをせばめ、とうとう道は生きた木でつくられたトンネルのようになってしまった。幅《はば》は一メートル、高さも二メートルほどしかない。まるで森にのみこまれ、長くくねくねとしたのどを下《お》りていくようだった。

と、前方《ぜんぽう》にのびていた木々の列が突然《とつぜん》とぎれ、気味《きみ》の悪いぼんやりとした光を発《はっ》しているコケの壁《かべ》が立ちはだかった。

「どうやら行きどまりのようね」わたしはうんざりしてコケをながめた。「引きかえすしかないわ」

そのとたん、うしろで枝《えだ》がゆれだした。葉がザザッと降《ふ》ってきて、クモに似《に》た生き物が、細くじょうぶな糸にぶらさがって落ちてきた。大きさが一メートルはあり、短い毛が金と黒の縞《しま》もようになって、丸い頭までびっしり生《は》えている。けれど、じっと見つめる大きな目とくちばしは、フクロウのようだ。その生き物はカッとくちばしを開け、さっき聞こえたホーホーというぞっとするような声で鳴いた。

すると、すぐそばの木の幹《みき》をゴムのようなムカデが這《は》いおりてきた。背中《せなか》はかたい毛でおおわれ、カマキリのような鎌《かま》を持っている。這ってきたコケの上には、気味《きみ》の悪いぬらぬらと光るあとが残っていた。そのさらにうしろから、もっと大きな怪物《かいぶつ》が木の根をのりこえてくる。森のうす明かりでは、遠くにいるそのすがたまでは見えない。と、二匹《ひき》目があらわれた。そのうしろの暗《くら》がりにもさらに数匹いるように見えたけれど、はっきりとはわからなかった。

こんな木の幹《みき》にはさまれたせまい場所では、戦《たたか》おうにも満足《まんぞく》に立ちまわることすらできない。そう思ったとき、ありがたいことにソーンがさけんだ。「コケのむこうには、なにもないみたいだ。こいつをどけてみる」

にわかに明るい光があふれた。ムカデはささっと木の枝《えだ》のほうへもどり、クモの化《ば》け物《もの》は目をしばたたいた。ちらっとうしろを見ると、ソーンが二本の木のすきまを広げていた。

「前のほうに建物みたいのがある。それから丸い広場も」

そこでなら戦えそうだ。わたしは怪物たちのほうに向きなおった。やつらはまたじわじわと近づいてきた。

「さあ、いって」少年をコケのむこう側《がわ》へどんと押《お》しやり、つづいて自分も飛びこむと、明るい広々《ひろびろ》とした場所に出た。

急いで立ちあがると、そこは黒い水晶《すいしょう》でできた円形の広場だった。水晶のなかで、赤や黄色や白のかすかな光線《こうせん》がひらめいている。ひずんだガラスを通して見た炎《ほのお》のようだ。ゆらめきながら燃《も》える火のように、ちらちらとまたたいていた。

三十メートルほどはなれた、円の中心に、おなじ水晶《すいしょう》でできた円筒型《えんとうがた》の高い塔《とう》が立っていた。直径《ちょっけい》四十メートルほどの基部《きぶ》から、五十メートルほどもある塔が空に向かってそびえ、屋根のところでわずかに細くなっている。つるつるしたなめらかな壁面《へきめん》には、ひびはおろかよごれすらなく、てっぺんに大きな窓《まど》がひとつあるきりだった。

「これが猛獣使《もうじゅうつか》いの塔ね」わたしは言った。

それに答えるように、うしろからいっせいにホーホーという鳴き声やうなり声が起こった。何十匹《びき》もの猛獣使いのペットたちがコケのすきまからおどりだし、両側《りょうがわ》に壁《かべ》をつくった。ムカデはあとに残り、すきまをふさいだ。もう、黒い塔に進むほかなかった。

第七章

塔《とう》の基部《きぶ》にある巨大《きょだい》な石の板が、音もなくするすると持ちあがった。そして、なかから背《せ》の高い老人《ろうじん》が出てきた。頭のてっぺんはきれいに剃《そ》られ、明るい陽光《ようこう》のなかで光っているように見える。けれども、頭の横側《よこがわ》から白い毛が肩《かた》までのびているせいで、頭全体がまるで、色あせた古い腰《こし》みのをつけた巨大なたまごのようだった。

老人が体に巻《ま》きつけている衣《ころも》は、かつては豪華《ごうか》なものだったにちがいない。けれどもいまでは、老人のひょろりとした体には大きすぎて、たるんでしわがよっている。黒い絹《きぬ》に赤糸で縫《ぬ》いとられたもようは、おそいかかろうとするかぎづめを思わせた。まるで衣の上で、のたうち、つかみかかろうとしているようだ。かざりはたったひとつ、胸《むな》もとに宝石《ほうせき》をはめる丸い金の台がついていたけれど、肝心《かんじん》の宝石《ほうせき》はなかった。

「これはこれは、思いがけないことだ」老人《ろうじん》は、じわじわと木をしめつけるツタを思わせる、いやらしい声で言った。「いまごろになって、わしもまた急に人気が出てきたようだ」

「おじゃまでなかったでしょうか」わたしは塔《とう》のなかを見ようと首をのばしたけれど、シベットのすがたはなかった。

「いや、とんでもない」老人の目が、獲物《えもの》におそいかかろうとしている狡猾《こうかつ》なヘビのように、冷たく光った。「むしろ仕事を休む口実《こうじつ》ができてうれしいほどだ」

老人はわたしたちのうしろに向かってあごをしゃくった。「ごらんのとおり、もとどおりにしなくてはならないものが、ごまんとあるのでね」

わたしはまわりをさっと見まわした。「世話《せわ》をするペットもたくさんおられるようだし」

老人はわきに下《お》ろしていた両手をさしだした。「むかしは、まともに食《く》わせるだけのものを持《も》っていたんだがね」そして、わたしたちのうしろの怪物《かいぶつ》たちを見やった。「それに、まだかつてにくらべれば、はした数しかおらん。だがもうすぐ……」

老人はそこでことばを止め、クスクスといやらしく笑《わら》った。「いずれにせよ、わしのペットたちの昼めしを用意してくださるとはありがたい」

ソーンは肩《かた》にかけた食料袋《しょくりょうぶくろ》を下《お》ろそうとした。「これで足りるかわかりませんが、遠慮《えんりょ》なく食べさせてやってください」

猛獣使《もうじゅうつか》いは手をうしろで組み、巨大《きょだい》なハゲワシのように首を前にのばした。「わしが言っとるのは、そんなものではない」

わたしはソーンのほうへ顔を向けた。「わたしたちをやつらのエサにすると言っているのよ」

そして額《ひたい》に手をやった。「どうやらね」

すばやくしるしをえがき、呪文《じゅもん》をとなえると、わたしたちの輪郭《りんかく》がゆらぎはじめた。

ペットたちはおどろいて後ずさりし、ホーホー、キーキー鳴きさけんだ。猛獣使いも一瞬《いっしゅん》はっとしたけれど、ふたたび輪郭が定まりわたしたちが本当のすがたにもどったときには、もう立ちなおっていた。

「竜《りゅう》を客としてむかえることになるとは思ってもみませんでしたな」猛獣使いはちらりとわたしの足を見た。「それも王族の竜とは」そして深々《ふかぶか》とおじぎをした。「まことに光栄《こうえい》のきわみ」

顔を上《あ》げると、猛獣使いはけんめいに考えるように眉《まゆ》をよせた。「だが、そなたの斑紋《はんもん》はあまり見なれぬが……なるほど」猛獣使いはわたしに向かって人さし指をふった。「失《うしな》われた海の一族だな」

わたしは、かぎづめを黒い水晶《すいしょう》にカチリとあてた。「おまえのようなかしこいものなら、なぜわたしがシベットに関心を持っているか、おわかりね。すこし前に、ここにきたはず」

「きたとも。峡谷《きょうこく》の町とかいうところをほろぼすなどと、無謀《むぼう》なことをくわだててな」猛獣使《もうじゅうつか》いの片方《かたほう》の肩《かた》が動《うご》いた。「むかし、そこに住んでいたと言っておったが」

そして、空《から》になった金の台にふれた。「だが、もう出ていった。わしの大切なあるものをぬすんでな」

「霧《きり》の石を？」わたしはたずねた。

「ああ」猛獣使いは、失《うしな》ったもののことを思い出したのか、顔をしかめた。「ペットたちにあとを追わせたが、いまのところ逃《に》げおおせている」

尾《お》の先から頭蓋骨《ずがいこつ》まで寒気《さむけ》が走った。そうなったいま、猛獣使いは霧の石の代わりを必要としているはずだ。そして竜《りゅう》の真珠《しんじゅ》は、さまざまな呪文《じゅもん》に力をあたえることができる。つまり、わたしの真珠ならじゅうぶん、失った石の代わりになるのだ。わたしは思わず足を額《ひたい》にやった。

「そのとおり」猛獣使いはわたしの考えを読んだように、にやりと笑《わら》った。「わざわざぬすまれた宝《たから》の代わりを持ってきてくれたとは、ご親切なことだ」

「でも、真珠がなくてはなんの魔法《まほう》も使えなくなってしまう」わたしはそう言って時間をかせごうとしながら、足を下《お》ろし、後ろ足に力を入れた。

猛獣使《もうじゅうつか》いは満足《まんぞく》げににんまりと笑《わら》った。「だが、選択《せんたく》の余地《よち》はない……」

しかし最後まで言うことはできずに、ギャッと悲鳴を上《あ》げた。わたしが飛びかかったからだ。

しかし運悪《うんわる》く、猛獣使いはうしろによろめいてそのまま塔《とう》のなかにたおれ、わたしのあごは空《くう》をかんだ。体勢《たいせい》をととのえてもう一度飛びかかろうとしたけれど、石板《せきばん》がドンと落ちてきた。

「あぶない！」ソーンがさけんだ。ソーンは、まるですばらしい短剣《たんけん》かなにかのように包丁《ほうちょう》を頭の上でふりまわしながら、ネコの頭をしたサソリの前に立ちふさがった。さっき化《ば》け物《もの》どもがたじろいだのは、わたしが竜《りゅう》だったからでなく、突然《とつぜん》すがたを変えたためだったらしい。

わたしは少年の横から前足を突《つ》きだし、サソリの化け物を引きさこうとした。サソリはさっとうしろに飛びのき、腹《はら》を引きさかれるのをのがれた。

「ほらね」ソーンは得意《とくい》げに言った。「ぼくだって、役立つだろ」

けれど、このとんまはわたしを助けようとして、ごていねいにも六本足のクマに背中《せなか》を向けていた。クマは少年に一撃《いちげき》をくわえようと、足をふりあげた。

わたしはさっと尾《お》をふりおろし、クマを打ちたおした。

「まったく、なにを考えているの？」わたしは少年をののしった。「戦《たたか》いではまず自分の身を守るのよ」

「でも、ぼくたちはチームじゃないか」少年は空気に数回切りつけた。

「いい？　いくつか大切なことを教えてあげる」わたしはまず後ろ足でトラの頭の化《ば》け物《もの》をけりつけた。トラは悲痛《ひつう》な声をあげてうしろへ吹《ふ》っとんだ。「わたしたちはチームじゃないわ」次に、尾《お》でフクロウの顔をしたクモをパシリと打った。「チームというのは、同等《どうとう》の力があるものどうしを言うのよ」そしてクマにもう一撃《いちげき》食らわせた。「でもわたしは、自分だけでなく、おまえの身まで守ってやらなければならないじゃないの」

ソーンはまるでわたしになぐられたような顔をした。

「わかった。じゃあ、ぼくがやつらを食いとめるから、そのすきに猛獣使《もうじゅうつか》いを追ってくれ」ソーンは包丁《ほうちょう》をかまえると、目の前にいる怪物《かいぶつ》たちのほうを向きなおった。

一瞬《いっしゅん》でも怪物たちを食いとめられると思っているなら、とんまどころか大まぬけだ。でも、まぬけはまぬけでも、わが身をかえりみない、勇敢《ゆうかん》なまぬけだった。人間たちのあいだではめったにお目にかかれない資質《ししつ》だ。その強い心にふさわしい腕力《わんりょく》がありさえすれば、と思わずにいられなかった。猛獣使いのペットたちのエサになるよりましな運命を手にしてもいいはずだ。

「英雄《えいゆう》ぶるのはやめて」わたしは怒《おこ》ったふりをした。「おまえのために、時間をむだにするわけにはいかないのよ」

わたしはソーンのえり首をひっつかむと、首の上に放《ほう》りあげた。

「いいって言っただろ」ソーンは文句《もんく》を言った。

わたしはぐるりと一回転して、尾《お》であたりをはらい場所をつくった。

「塔《とう》に入ってしまえば、猛獣使《もうじゅうつか》いをつかまえることはできない。それに、わたしたちが追っているのは、シベットよ」わたしは歯をむいて、なおもおそいかかろうとしている怪物《かいぶつ》どもを威嚇《いかく》した。

「きちんとつかまったわね？」わたしは少年に向かってさけんだ。

「たぶん」ソーンは言った。

「じゃあ、いくわよ」わたしはさっと跳《と》びあがると、たちまち翼《つばさ》を広げはばたいた。そして塔のつるつるした壁面《へきめん》の横をぬけ、ぐんぐん上　昇《じょうしょう》した。

風は、塔の屋根の上でわたしたちを待ちうけていたかのようだった。風の背《せ》にしなやかで力強く、かぎづめをたてることさえできそうだった。わたしは死にもの狂《ぐる》いで翼を広げ、風に乗ろうとした。風は西《にし》へ吹《ふ》いている。好都合《こうつごう》だ。峡谷《きょうこく》の町は西にある。町につけば、シベットが見つかるだろう。

「あれも猛獣使《もうじゅうつか》いのペット？」ソーンが言った。

見おろすと、塔《とう》の窓《まど》からサルの頭をしたハエのような化《ば》け物《もの》が飛びだしてきた。一瞬間を置いて、スズメバチの羽を持った怪物《かいぶつ》にまたがった猛獣使いがあとにつづいた。スズメバチは、シカの角《つの》と、剣《けん》のようにするどいツルのくちばしを持っていた。

「そのようね」わたしは暗い声で言った。「今度の獲物《えもの》は、わたしたちよ」

第八章

わたしたちは延々《えんえん》とつらなる丘《おか》の上を、西に向かって一直線に飛んだ。丘は、広げたばかりでまだでこぼこしている緑のじゅうたんのようだった。日がしずむころには、〝孤独《こどく》の山〟についていた。けわしい山々は、世界のはじまりの時代、蛇《くちなわ》の女神《めがみ》が地下の国の帝王《ていおう》たちを打ち負かしたときにできたものだった。夕日が雪を抱《いだ》いた峰《みね》を、むいたばかりのみかんの皮のようなぼってりとしただいだい色に染《そ》めていた。

「追いついてきた」ソーンが言った。

ちらっとうしろを見ると、たしかに近づいている。

「どのくらい飛びつづけられるの？」ソーンは聞いた。

「やつらが飛びつづけるかぎり」それから一瞬《いっしゅん》だまって、つけくわえた。「だといいけれど」けれど、本当につらかったのは、山脈《さんみゃく》に入ってからだった。空からだと、山脈はなおりかけてもりあがった傷《きず》のように見える。先に進むほど山はけわしくなるようだ。そのためわたしも、どんどん高度《こうど》を上《あ》げて、こおりつくようなうすい大気《たいき》のなかを飛ばざるをえなかった。寒さで翼《つばさ》の感覚《かんかく》がなくなりはじめたが、空気がうすくなればそれだけ浮力《ふりょく》も失《うしな》われるので、より速くはばたかなければならなかった。

おまけに翼が痛《いた》くなるまではばたいても、黒い点は着実《ちゃくじつ》にせまってきた。「すばしこいことはたしかね」

ソーンが前方《ぜんぽう》を指さした。「ねえ、あれはなに？」

わたしはふたたび前を向いた。昇《のぼ》ってきたばかりの月が、地《ち》平線《へいせん》をまばゆいばかりの白い弓形《ゆみがた》にかがやかせていた。その白さは、あわれな死体からぬきとったばかりのあばら骨《ぼね》を思わせた。

「失《うしな》われた海」わたしはつぶやくように言った。「わたしがかつて暮《く》らしていたところ。でもシベットが海をぬすんだときは、ここをはなれていた。そしてそれ以来、一度ももどっていない」

わたしは数回翼を上下させてから、つづけた。「水はすべて失われたけれど、海の塩が残っているのよ。水といっしょに、小石のなかにもいくらかは入っているだろうけれど。シベットがめざしている町は、ここをこえた先よ。だから、ここがいちばんの近道なの」それに、速く飛べる道でもある。高度《こうど》を下《さ》げて飛ぶことができるからだ。

翼《つばさ》の動きはより強く、よりたしかになり、心はおどった。わたしは故郷《こきょう》に向かっている。海底《かいてい》は広々《ひろびろ》として浅いたまご型《がた》にへこみ、月光を一身《いっしん》に集め、ちらちらとゆらめく光に変えてはねかえしていた。そのさまは、まるで窯《かま》の炎《ほのお》から出したばかりの皿のようだった。

故郷。わたしは心のなかでこのことばをくりかえした。これまでのつらく長い年月と道のり、無《ぶ》愛想《あいそう》な顔や乱暴《らんぼう》なことば、あらゆる悲しみや失望《しつぼう》が洗《あら》い流されていくようだった。わたしは故郷に帰るのだ。

翼を打ちおろすたびに、失《うしな》われた海はぐんぐんと大きくなり、とうとう目の前の地《ち》平線《へいせん》いっぱいに広がった。東のふちをなす最後の山の 頂《いただき》が見えているのみだ。わたしは夢中《むちゅう》になって目をきょろきょろさせ、見なれた白い目じるしをさがした。

ところが代わりに目に入ったのは、突然《とつぜん》海底からあらわれた黒い点だった。点は次々と空に向かって飛びあがり、わたしたちの行く手をさえぎった。近づくと、大鎌《おおがま》の刃《は》のように湾曲《わんきょく》した翼がついているのが見えた。わたしはがくぜんとした。猛獣使《もうじゅうつか》いが送ったという、シベットの追《お》っ手《て》にちがいない。失われた海で待ちぶせさせたのは理《り》にかなっている。ここが峡谷《きょうこく》の町《まち》へのいちばんの近道なのだから。おそらく、大きい生き物は一匹《ぴき》たりとも通すなと命《めい》じられているのだろう。またもや、敵《てき》のわなに飛びこんでしまったのだ。

わたしは首をのばしてあたりを見まわした。猛獣使《もうじゅうつか》いはわずか二十メートルうしろにせまっている。スズメバチの化《ば》け物《もの》にまたがり、そのまわりを十四ほどの種々《しゅしゅ》さまざまな怪物《かいぶつ》たちが守るように取りかこんでいる。

「あきらめて降伏《こうふく》しろ」猛獣使いがさけんだ。「そうすれば、苦しまずに死なせてやる」

タカの頭をした怪物がさっと横をすりぬけ、獲物《えもの》をねらうように頭上《ずじょう》でゆっくりとまわりはじめた。もう一匹が下を飛び、さらにあっという間《ま》に左と右にもついた。

「囲《かこ》まれた」ソーンがおびえた声で言った。

「後悔《こうかい》させてやるわ」わたしは兵隊《へいたい》が軍旗《ぐんき》をひろげるように翼《つばさ》を開いた。「竜《りゅう》の王女がそう簡単《かんたん》には死なないことを教えてやる」

わたしはすっと息を深く吸《す》い、胸《むね》や肩《かた》の引きしまった筋肉《きんにく》をうきださせた。それからわが一族の大いなるときの声をあげると、翼をすぼめて、一直線に降下《こうか》した。

「追え」猛獣使いが必死にさけぶと、かん高い喚声《かんせい》をあげて怪物たちがあとを追いはじめた。

わたしは頭と尾《お》を丸めて背中《せなか》を下に向け、翼を扇《おうぎ》のように広げた。練習《れんしゅう》をしていたころは、なんの苦《く》もなくできたけれど、最後に戦闘《せんとう》の訓練《くんれん》で飛んでから長い年月がたっていた。まるで突如《とつじょ》として全世界の重さが背中《せなか》と肩《かた》にのしかかってきたようだった。翼《つばさ》のするどい痛《いた》みに顔がゆがみ、骨《ほね》が折《お》れるのではないかと思った。けれども、胸《むね》と腹《はら》の筋肉《きんにく》にぐっと力を入れてけんめいに翼を動かし、落下を止めた。

上から、猛獣使《もうじゅうつか》いとペットたちは翼をたたみ、海鳥《うみどり》のようにかぎづめをのばしたまま、一直線に下降《かこう》してきた。まるで空に実った奇妙《きみょう》な果物《くだもの》が、刻一刻《こくいっこく》と大きくなっていくようだ。わたしをひたと見すえていた猛獣使いの目が、だまされたことを知って大きく見ひらいた。

次々とまわりに落ちてくる怪物《かいぶつ》たちにわたしはおそいかかり、かなりの数をたたき落した。ただ、残念《ざんねん》なことに猛獣使いはとどかないところにいた。突《つ》っこんできた勢《いきお》いをとめられずにいる怪物たちを、わたしの尾《お》や翼が打ち、かぎづめや牙《きば》が引きさいた。怪物たちは反撃《はんげき》することもできずに、どんどん落ちていった。

その瞬間《しゅんかん》、わたしはたまごからかえったばかりの竜《りゅう》のようにわかく、力に満《み》ちあふれていた。できないことはなにもないようにさえ感じた。わたしは大きく一回はばたくと、さあっと大空へ舞《ま》いあがった。

下のほうから、翼の折れる音や悲鳴が聞こえた。怪物たちは急旋回《きゅうせんかい》して、わたしを追って上《じょう》昇《しょう》しようとしたけれど、やつらのうすっぺらな翼《つばさ》はそんな飛行《ひこう》に耐《た》えるようにはできていなかった。もっとも、きたえずにいれば、わたしの翼もおなじことだ。

「二匹《ひき》落ちた」ソーンが勝ちほこったように歓声《かんせい》をあげた。

「まだまだいるわ」

最初におそってきたのは、塔《とう》からわたしたちを追ってきた怪物《かいぶつ》たちだった。次の一団《いちだん》がせまっている。

わたしはぐずぐずせずに、すばやくらせん状《じょう》に旋回《せんかい》し、二度目の落下をはじめた。すぐ下に怪物が五、六匹いたけれど、猛獣使《もうじゅうつか》いはかなり遠くにいた。やつの乗っているスズメバチの化《ば》け物《もの》は、むりをせずにゆっくりと回ったのだ。猛獣使いはおびえて血《ち》の気《け》の引いた顔でわたしを見あげた。そしてできるかぎりわたしとの距離《きょり》をあけることにしたのか、怪物のわき腹《はら》をけって一直線に下《お》りていった。

わたしはもう一度、怪物たちのなかに突《つ》っこんだ。かきづめでやつらの翼のうすっぺらな皮を引きさき、牙《きば》で羽毛《うもう》や毛皮をかみちぎった。しかし、怪物どものつめやくちばしや牙も、まったくの役立たずではなかった。体の数カ所に傷《きず》を負《お》ったのを感じながら、わたしはさっきよりも大きくゆっくりと回った。

そのあいだに猛獣使《もうじゅうつか》いはペットたちを呼《よ》びよせ、わたしとのあいだに防御《ぼうぎょ》の壁《かべ》を築《きず》いていた。猛獣使いは四十メートルほど下にいた。「むかし竜《りゅう》のわかき王女の話を聞いたことがある」やつは大声でさけんだ。「空中戦《くうちゅうせん》で彼女《かのじょ》にかなうものはいなかったと」

「ほう？」わたしは体を水平にし、かつて飛行術《ひこうじゅつ》の先生に教えられたとおり、四方に目を配った。

「たしかこんな物語だった。王女は成人していなかったため、まだ呪文《じゅもん》に力をあたえる真珠《しんじゅ》をさずけられていなかった」猛獣使いの声が、ずるそうな調子をおびてきた。「だが、王女はがまんできず、夢真珠《ゆめしんじゅ》をぬすもうとした。そうすれば、ありとあらゆる幻覚《げんかく》をつくりだす力を手にすることができるからだ。だが、王女はついていなかった。あやうくつかまりかけ、真珠を持って逃《に》げるはめになった」

「ほう？」わたしは、やつのまちがいを正《ただ》さずにはいられなかった。「わたしが聞いた話はちがうわ。王女の母親は彼女にその真珠をさずけると約束《やくそく》した。しかし母が死ぬと、王女の兄が、真珠は自分のものだと言いだした」

猛獣使いもスズメバチを水平にした。わたしとのあいだに、つねに怪物《かいぶつ》どもを置くように気をつけていたけれど、攻撃《こうげき》してくるようすはなかった。空中戦でわたしに勝つ自信がないにちがいない。

「わしはいつも思っているのだが」猛獣使《もうじゅうつか》いは上にいるわたしに向かって大声で言った。「魔法《まほう》の真珠《しんじゅ》は、もっとも力のあるものにこそふさわしい。王女を追放《ついほう》したのは、まったくもっておろかなことだった。王女がいれば、シベットが海をぬすむのを止められたかもしれぬ」

「あるいは……」わたしは油断《ゆだん》なく輪《わ》をえがいて飛んでいた。「……止められなかったかもしれない」

「王女にもわしにも、シベットを好《す》く理由はない」猛獣使いはすっと手をうしろにまわした。「もしそなたが、気《き》の毒《どく》にも追放されてしまったその王女の居場所《いばしょ》を知っているのなら、われわれは手を組んでシベットと戦《たたか》うことができる。わしなら、王女に真珠をもちいて幻覚《げんかく》をつくりだす技《わざ》を教えることができる。そうすれば、わしは宝玉《ほうぎょく》を、王女は海を取りもどすことができよう」

むかし、魔法使いの手が見えないときはけっして信用してはならない、と教わったことがある。その魔法使いが正しくすじの通ったことを言っているように思えるときはなおさらだ、と。少年がいっしょにいてよかった。目がよけいにふたつあるおかげで、命びろいできるかもしれない。

「やつから目をはなさないで」わたしは少年に向かってささやき、それから猛獣使いに向かって呼《よ》ばわった。「どうして王女に手を貸《か》そうというの？」

「王女と戦《たたか》っても、自分の持ちごまをむだ死《じ》にさせるだけだからな」猛獣使《もうじゅうつか》いはすかさず言った。たえずペットたちを動かし、わたしとの距離《きょり》をおなじに保《たも》つようにしている。

「王女の一族には住む場所がない。だが、彼女《かのじょ》はもっとつらいはずだ。追放《ついほう》された以上、ほかの竜《りゅう》たちのところにもいけない。それどころか、真《しん》のすがたでいることすらできないのだ。いつの世《よ》にも、夢真珠《ゆめしんじゅ》をぬすもうとするふとどきものがいるからな」

「ええ、たしかにいるわね」わたしは腹《はら》に力を入れ、体全体を短剣《たんけん》の刃《は》のようにかたくすると、滑空《かっくう》しながら怪物《かいぶつ》たちの隊形《たいけい》を調べた。

猛獣使いは、少々あますぎる声でつづけた。「だがもしシベットをとらえれば、王女は英雄《えいゆう》となり、あらゆる場所で歓迎《かんげい》され、夢真珠を正式に自分のものにすることもできるだろう」

片方《かたほう》の手はスズメバチの頭のかげにかくれていたけれど、猛獣使いが魔法《まほう》のしるしをえがいているのはまちがいなかった。「もしおまえと協力《きょうりょく》すれば、王女はそのすべてを手にすると？」

「そのとおりだ」猛獣使いは間髪《かんぱつ》いれずにうなずいた。はなれているため呪文《じゅもん》をとなえる声は聞こえないけれど、唇《くちびる》が動いている。

怪物たちの盾《たて》を破《やぶ》ることができれば、猛獣使いをとらえられるとわたしはふんだ。が、あともうすこし近づくことができれば、さらに勝算《しょうさん》は増《ま》すだろう。いまは、猛獣使いの気をそらさなければ。

「でも、真珠《しんじゅ》のすばらしさを目にしたら、自分のものにしたくなるかもしれないわ」わたしは片方《かたほう》の足を額《ひたい》にやり、皮膚《ひふ》のひだをひっぱって、真珠を表面《ひょうめん》へ押《お》しだした。

真珠は小さいものだった。少年の親指のつめほどしかなく、皮膚でおおえば簡単《かんたん》に見えなくなる。けれどもいま、あらわになった真珠は、やわらかな光を発《はっ》していた。光はわたしたちのまわりで渦《うず》を巻《ま》き、ときに銀色に、金属《きんぞく》を思わせる青に、そして緑や赤にと、アワビの殻《から》のようにかがやいた。

ペットたちはおどろいてシュウシュウ音をたてたり、キーキーさわいだりした。だが猛獣使《もうじゅうつか》いはただじっとわたしを見あげた。

「話に聞くとおりすばらしい」猛獣使いは感嘆《かんたん》したように言った。「それさえあれば、わし……つまりわれわれはあらゆる幻覚《げんかく》をつくりだすことができる。幻《まぼろし》の軍隊《ぐんたい》、巨大《きょだい》な怪物《かいぶつ》……」猛獣使いははてしなく広がる空想《くうそう》にことばを失《うしな》い、だまりこんだ。

猛獣使いはわたしの左へまわったけれど、その距離《きょり》はもう二十メートルとなかった。これならじゅうぶんだ。「要《よう》するに、おまえのゆがんだ心が生みだす悪夢《あくむ》ということね」

「ばかな」猛獣使いは信じられないというように声を荒《あら》げた。「望《のぞ》むものはすべて手に入るのだぞ。おまえの王国も、一族も」

「おまえのやりかたで得《え》たくはない」わたしは真珠《しんじゅ》をおおい、翼《つばさ》をたたむと、一族のときの声をあげ、猛獣使《もうじゅうつか》いに向かってななめに急降下《きゅうこうか》していった。

ぎりぎりのタイミングだった。ほとんど同時に猛獣使いはさっと両手をかかげた。ジュージューという奇妙《きみょう》な音がして、いきなりうしろがかあっと暑くなった。頭上《ずじょう》から星が消えた。

「いままでいたところに、ばかでかい網《あみ》があらわれた」ソーンがさけんだ。「燃《も》えてる」

猛獣使いは、わたしの死体から真珠を取るほうが簡単《かんたん》だとふんだのだろう。ソーンが金切《かなき》り声をあげた。「網が追いかけてくる」

「ハ！　今度ばかりは自分で自分の首をしめたようね」わたしは尾《お》をひっこめ、降下《こうか》の速度《そくど》をさらに上《あ》げようとはばたいた。「なんとか網に追いつかれずにすめば、逆《ぎゃく》にやつをとらえることができるわ」

下では、ペットたちが翼をばたつかせ、おびえた声をあげて目をしばたたきながら、あちこち逃《に》げまどっていた。落ちてくる網の発《はっ》するぎらぎらした光に目がくらんだようだ。その下で、猛獣使いが網を消そうと必死になって魔法《まほう》のしるしをえがいていた。

わたしは怪物《かいぶつ》たちの隊形《たいけい》のまんなかにまっすぐ突《つ》っこんでいった。行く手をさえぎろうとするものはいなかったが、たまたま一匹《ぴき》がふらりと目の前に出てきた。そいつは本能的《ほんのうてき》にわたしを避《さ》けようと、かぎづめを突きだした。わたしはさっと頭を下《さ》げて一気に体をかたむけた。が、そのとたん、左の翼にするどい痛《いた》みを感じた。わたしは直角に曲がると、できるかぎり速く翼を動かしてのがれようとした。

旋回《せんかい》したとき、猛獣使《もうじゅうつか》いのすがたがちらっと目のすみに映《うつ》った。網《あみ》を消すのをあきらめて、スズメバチを下に向け、落ちてくる網から逃《に》げようとしていた。

最後の一匹をかわしてからようやく、わたしは自分の目で網をたしかめた。端《はし》から端までゆうに二十メートルはあり、炎《ほのお》をふきあげた細かい網目が、空をおおいつくしている。わたしが見ている目の前で、巨大《きょだい》な網は怪物たちの上にかぶさった。怪物たちは大きく翼を広げ、一瞬《いっしゅん》、持ちこたえた。羽がずたずたになった光の蝶《ちょう》のようだった。が、次の瞬間、網はおそろしい勢《いきお》いで落ちていった。

猛獣使いがギャッと悲鳴をあげた。網の端がやつをとらえたのだ。スズメバチの化《ば》け物《もの》は狂《くる》ったようにもがいてのがれようとしたけれど、網にからめとられた。網は消えなかった。猛獣使いの呪文《じゅもん》が間《ま》に合《あ》わなかったか、網のせいで魔法《まほう》のしるしを正しくえがくことができなかったのかもしれない。

答《こた》えは永遠《えいえん》にわからない。わたしたちは、赤々《あかあか》と燃《も》える網《あみ》がやがて小さな光の点になり、失《うしな》われた海の真っ白い海底《かいてい》にふれてぱっと消えるまで、じっとながめていた。

そして真っ暗になった。火の網でつかのますがたを消していた星たちがふたたびあらわれた。

「やった！」少年はわたしにさけんだ。「やったよ！」

「でも、いつまでもつかしら」勝利の宙返《ちゅうがえ》りをしたかったけれど、左の翼《つばさ》の痛《いた》みはじわじわと増《ま》していた。わたしは思わず翼をひっこめた。どんどん落ちていきながら首をのばすと、翼がざっくり切れて、真っ赤な血がしたたっているのが見えた。

猛獣使《もうじゅうつか》いはたおしたものの、勝利はつかのまで終わりそうだった。

わたしはなんとか止まろうとしてはばたいたけれど、痛みはひどく、翼を強く打ちおろすことができなかった。耳もとで風がヒュンヒュン鳴り、下に広がる真っ白い平原《へいげん》がせりあがってくるように見《み》えた。

「しっかりして」わたしは自分に向かってつぶやいた。「ここであきらめるつもり？」

首にまわした少年の腕《うで》にぐっと力が入るのを感じた。わたしは最後の力をふりしぼって、死にもの狂《ぐる》いではばたきはじめた。地表《ちひょう》から白い塩がもうもうと舞《ま》いあがり、けがをした翼に、燃えるような痛《いた》みが走った。落下の速度は落ちはじめたが、その直後、ドサッといやな音をたてて、わたしたちは地面にたたきつけられた。

第九章

着地したとたん、ぼくはシマーの背《せ》から放《ほう》りだされた。メリメリという音が聞こえたので、骨《ほね》が折《お》れたにちがいないと思ったけれど、目を開けると、海底《かいてい》の表面《ひょうめん》に、四方に向かってひびが入っていた。ぼくたちの重みで、海底をなめらかにおおっていた塩がくだけたのだ。

シマーが前足をふんばって体を持ちあげると、その下で塩がさらにぼろぼろとくずれ、また足を取られそうになった。

「折れてはいないようだわ」シマーは足を一本一本調べてから言った。それから塩の上に大きな赤いしずくがポタポタと垂《た》れているのに気づいた。「わたしの血？」

「翼《つばさ》の傷《きず》から落ちたんだよ」ぼくはまだ荒《あら》い息をととのえようとしながら、ゆっくりと起きあがった。
シマーは首をのばして体を見まわし、じわじわと翼《つばさ》を広げた。するとぼくのひじから手首くらいまである深い傷《きず》があらわれた。

「きっとあとが残るわ」シマーは口をとがらせているように見えた。「体のなかで翼がいちばんきれいだったのに」

シマーのほうへ一歩ふみだすと、塩のかたまりがくずれ、ぼくは転んだ。「魔《ま》法《ほう》を使って傷が残らないようにできないの？」

「そんな軽薄《けいはく》なことで、やたらに魔法を使いたくない」シマーはあわてたように翼を持ちあげた。まるで、それ以上質問《しつもん》されたくないみたいだった。「見た目ほどひどくないかもしれないし」

シマーは翼を上下に動かしてみたが、痛《いた》みで顔をしかめた。「ああ、やっぱりだめ」

だけど、ぼくは猛獣使《もうじゅうつか》いが言っていたことが気になっていた。そこで足もとに気をつけてそろそろとシマーのほうまで歩いていった。

「せめて傷をいやす呪文《じゅもん》だけでもとなえたら？」ぼくは聞いた。

シマーは、きまりが悪そうにせきばらいをした。

「わたしの教育はとちゅうで終わってしまったのよ。わかるでしょう？　真珠《しんじゅ》のことで誤解《ごかい》があったせいで」シマーは弱々《よわよわ》しくつづけた。「魔法《まほう》の理論《りろん》についてひととおり学んで、すがたや体の大きさを変えたりといった実際《じっさい》の呪文《じゅもん》に取りかかってすぐに、その……出ていかなければならなくなった」

ぼくはシマーの肩《かた》に手をついて体をささえた。

「じゃあ、魔法はそれしか使えないの？」ぼくはいどむように言った。

シマーは、頭でぼくの顔を押《お》しのけた。「そういうおまえは、魔法が使えるの？」

でも、そのようすにさっきまでの迫力《はくりょく》はなかった。

「追放《ついほう》になったとき、いくつだったの？」疑《うたが》いの念《ねん》がわきあがってきた。

「たった三百才だった」シマーがおちつきなく後ろ足をふみかえるので、ピシピシとさらに大きな音がして塩の表面《ひょうめん》にひびが走った。

けれども、ぼくは追及《ついきゅう》の手をゆるめなかった。

「なら、竜《りゅう》としては、ほんの子どもだったんだ」ぼくはいらだって言った。「つまり、飛んだり戦《たたか》ったりすることはうまくても、魔法についてはあまり知らないんだ」

いらいらするのは、首のうしろが塩でヒリヒリしているせいではなかった。「本当は、戦術《せんじゅつ》だって正式に教わったことはないんだろ。なにもわからずに猛獣使《もうじゅうつか》いのわなに突《つ》っこんでいっただけなんだ」

「そして、ふたりの命《いのち》を救《すく》った。そうでしょう？」シマーはきっぱりと言った。

古いことわざの言うとおりだ。〝ひと粒《つぶ》の疑《うたが》いの種《たね》が、やがて畑全体に実る〟。ほかにシマーがわざと言わないでいることはどれだけあるんだろう。

「わかったよ。だけど、どうして魔《ま》法《ほう》を知らないのに、真珠《しんじゅ》をぬすんだの？」

「母上《ははうえ》のものだったからよ」シマーはあくまで言いはった。「それに、わたしがもらうことになっていた。兄がもらっても、どうせ宝物蔵《ほうもつぐら》にしまいこむだけ。兄は、母上とすごした楽しい日々のことなんて、どうでもよかった。母上はわたしといっしょに泳ぎながら、魔法でいろいろな幻《げん》影《えい》を見せてくれた」

シマーはそのころのことを思い出したのか、かすかにほほえんだ。「太古《たいこ》の時代の英雄《えいゆう》たち、ダイヤモンドのようにかがやく北の氷の宮殿《きゅうでん》……母上はどんなものでもすべて魔法で出すことができた。星で首かざりを、月で王冠《おうかん》をつくることさえできたわ」

もうすこしシマーを思い出にひたらせてあげたかったけれど、まだひとつ知りたいことがあった。「猛獣使《もうじゅうつか》いが言っていたみたいに、本当に追放《ついほう》されたの？」

シマーの顔からほほえみが消えた。「すべて誤《ご》解《かい》なのよ」

「兄さんが真珠《しんじゅ》を取ろうとするなんて」ぼくはかがんで、塩のかたまりを拾いあげた。

「家族というのは、そんなにいいものじゃないわ」シマーは頭をかたむけて、熱心《ねっしん》に翼《つばさ》の傷《きず》を調べていた。「おまえは家族がいなくてついてるわ」

「そうかな？」ぼくは、塩のかたまりの角《かど》をぼろぼろとくずしはじめた。「ぼくはむかしから、孤児《こじ》なのはまるでぼくが悪いみたいに言われてきた」

シマーは苦々《にがにが》しい笑《わら》いをうかべて、傷口の血をなめた。「ちがう。家族がいないのをありがたく思うといいわ。あるのは、うそと、干渉《かんしょう》と、裏切《うらぎ》りだけ」

友好《ゆうこう》の村にいたころ、ぼくはよく家族との暮《く》らしを思いえがいていた。だから、シマーの考えかたは受けいれがたかった。「そういうのは、敵《てき》がすることだろ。血のつながったものは助けてくれるはずだ」

「いいえ、ちがうわ」シマーの答えにためらいはなかった。「むしろ、敵の倍の速さと強さで背《せ》中《なか》を刺《さ》す」シマーの口調《くちょう》は確信《かくしん》に満《み》ちていた。まるでそんな裏切りは、いやというほど経験《けいけん》したというように。

いままでぼくは、孤児でいるのはこの世でいちばんつらいことだと思っていた。でも、そうではなかったのかもしれない。おかしなことだけれど、いまこの瞬間《しゅんかん》、シマーと立場《たちば》を交換《こうかん》しろと言われても——そう、たとえ全世界をやると言われたとしても、ぼくはことわっただろう。いっしょにいる家族がいないのはつらいことだ。けれど、家族に拒否《きょひ》されることのほうが、もっとつらいにちがいない。ましてや、一族みんなに背《せ》を向けられたらどんなにつらいだろう。

「ごめん」ぼくは口のなかでつぶやいた。

シマーがネコだったら、首のまわりの毛が逆立《さかだ》ったにちがいない。かわりにシマーは、ぐっと歯を食《く》いしばった。まるで心の傷《きず》のほうが翼《つばさ》の傷よりはるかに深いというように。「おまえの同《どう》情《じょう》などいらないわ」

その瞬間《しゅんかん》、自分がひどく不器用《ぶきよう》に感じた。この大きくて危険《きけん》な友をどうあつかったらいいのだろう。けれども、それと同時に、本当のことを知らなければならないという気がしていた。

「じゃあ、シベットをつかまえるのは、海を取りもどすためだけじゃないんだね」ぼくは猛獣使《もうじゅうつか》いのことばを思い出しながら言った。「シベットをとらえれば、竜《りゅう》たちはきみをゆるすしかないもの」

シマーはぼくを見ようとしなかった。「言ったはず。ゆるされなければならないようなことなどしていない。誤解《ごかい》を解《と》かなければならない、というだけのこと」

これ以上シマーを苦しめてもしょうがないだろう。「言いかたはなんだっていいさ」

塩をじゅうぶん取ると、ぼくは残りのかたまりを捨《す》てて、シマーの頭とけがをした翼《つばさ》のあいだに入りこんだ。いまシマーに必要なのは、ことばよりもやさしい行為だ。

「この塩をぬれば、傷口《きずぐち》が膿《う》まないよ」ぼくは傷に塩を軽くたたきこんでいった。

「そっとして」突然《とつぜん》の痛《いた》みにシマーは歯を食《く》いしばって言った。

「できるだけそうしてるよ」

ほかのけがにもぬりおわると、ぼくはうしろに下《さ》がって手についた塩をはたいた。「もう飛べそう？」

シマーはおそるおそる翼を動かして、顔をゆがめた。「だめ。さっきよりひどいくらい。町まで歩くしかないわ。まっすぐ西に向かえばいいはず」

「遠足ってわけにはいかなそうだな」ぼくは暗い気持ちで、死んだようにしずまりかえった景色《けしき》を見わたした。猛獣使《もうじゅうつか》いどころか、なにひとつ動いている気配《けはい》はない。高さ三メートルほどの長い土手があるだけだ。見えるかぎり、何キロもつづいている。

「ほんとにここがきみの海なの？　あそこの盛《も》りあがったところ以外は真っ平らだけど」

「おかしい」シマーはとほうにくれているようだった。「こんな地形に見おぼえはないわ」そしてぐるりとあたりを見まわした。「でも、知っているはずだというおかしな気持ちがするの」

シマーは自分の位置《いち》を確認《かくにん》しようとして、星を見あげ、それからいまこえてきた山脈《さんみゃく》をながめた。そして、だれかにけられたようにドサッと腹《はら》ばいになった。「うそよ。そんなはずない」

シマーは絶望《ぜつぼう》をつのらせながらもう一度周囲《しゅうい》を見まわし、それからぐるりと首をまわしてまたさっきの土手を見た。「いちばんおそろしい悪夢《あくむ》でも、ここまでひどくはなかった」シマーの足の下で、塩がバリバリとくだけた。「あのすばらしいドームも尖塔《せんとう》もすべて消えてしまったなんて」

ぼくは土手をしげしげとながめたけれど、もとはなんだったのか、見当《けんとう》もつかなかった。「なんなの？」

「わが一族の誇《ほこ》る美《び》だった」突然《とつぜん》シマーの頬《ほお》を、ぼくのこぶしくらいある涙《なみだ》がふた粒《つぶ》、転がり落ちた。ぬれたうろこが、青や金の金属的《きんぞくてき》な光をちらちらと放《はな》った。

「この土手は、祖父《そふ》の宮殿《きゅうでん》のなごりだわ。すべて生きたさんごでできていた。海がなくなればさんご虫も死ぬとわかってはいたけれど、でも、まさかこんなになっているなんて」

「風に浸食《しんしょく》されたんだな」土手の正体《しょうたい》を聞いてみると、斜面《しゃめん》にあいた穴《あな》が門や窓《まど》のように見えてきた。

「いつかここに帰る日を夢《ゆめ》みていたのに」シマーはまだ自分の目が信じられないというように頭

をふった。「なにかいやなことがあったり、みじめな境遇《きょうぐう》に耐《た》えなければならなかったときは、いつもこの宮殿《きゅうでん》のことを思い出していた」

「ぼくも見たかった」ぼくはシマーをなぐさめようと言った。

けれど、そのなぐさめはますますシマーを悲しい気持ちにさせただけだった。

「朝はとくにすばらしかった」シマーは思いこがれるように、なにもない空を見あげた。「最初の光がまよいこんできて、宮殿の尖塔《せんとう》を細長いヘビのようにおどりながら下《お》りてきた。小さいころ、宮殿の上をぷかぷかただよいながら何度も何度もくるくる回って、光のヴェールをまとっているつもりになったものよ」シマーは、体の奥底《おくそこ》から低いうめき声をもらした。「なのにいまは、宮殿も海もはじめからなかったかのよう」

シマーはひどく落ちこんでいたけれど、せめてはげますことはできると思い、ぼくは言った。

「海さえ取りもどせば、いつだって建てなおせるよ」

シマーは首を下《さ》げて、乱暴《らんぼう》にぼくを突《つ》いた。「さんご虫を尖塔の形にさせることができると思う？　父上《ちちうえ》の時代にさえ、修理《しゅうり》することはできなかったのよ。宮殿はほとんど建てられたときのままだった」

シマーの翼《つばさ》は心配になるほど力なく垂《た》れ、いまにもたおれそうだった。急に何千年も年とって

しまったようだった。「やるだけむだだわ」

シマーは前足のあいだに頭をのせた。「追放《ついほう》の身になった当初《とうしょ》は、一族もいつかは追放の刑《けい》を見なおしてわたしをゆるしてくれるにちがいないと思って、自分をなぐさめていた。けれど、シベットがきて、一族はちりぢりになってしまった。そうなると今度は、だれかが海を取りもどせば、もとどおりに修復《しゅうふく》するために竜《りゅう》が全員で力を合わせなければならない、だからやはりゆるされるにちがいない、と思うようになった。でも、だれひとり、海を取りもどせなかった。そしてついにあの村で、わたしはすべて自分の手でやりとげようと思いはじめた」シマーはふっと苦々《にがにが》しい笑《わら》いをもらした。「おろかなことだわ」

そのときのシマーは、さんざん打ちのめされたイヌのように見えた。ぼくははっとした。大きくおそろしい竜であるシマーが、いまこの瞬間《しゅんかん》、ぼくのことを必要としている。希望《きぼう》と誇《ほこ》りを失《うしな》ってしまえば、シマーも村《むら》のみすぼらしい野良犬《のらいぬ》もおなじなのだ。ぼくは、シマーがこれ以上打ちのめされないよう、どうにかして守ってやりたくなった。ふしぎな感じだった。それまでぼくには、めんどうを見てやるものなんていなかったのだから。

けれど、希望に満《み》ちたことを言っても、シマーをますます深い絶望《ぜつぼう》に落としいれるだけのような気がした。やる気を取りもどさせたいなら、もっと別の方法でないとだめだ。ぼくはすっくと立って、シマーの背中《せなか》を右、左と二発、げんこつでたたいた。

「自分をあわれんでいたってしかたがない。新しい宮殿《きゅうでん》がどうなるかなんて、わからないじゃないか。もしかしたら、もっとすばらしくなるかもしれないだろ」

シマーの体がかすかにこわばった。いつもの彼女《かのじょ》にもどるいい兆候《ちょうこう》に思われた。「祖父《そふ》の宮殿は、竜《りゅう》の数ある王国のなかでも偉大《いだい》なる奇跡《きせき》のひとつと言われていた。それよりもさらによいものがつくれるとでも思うの？」

「やりもしない前からどうしてあきらめるんだい？」ぼくはさらに言った。

シマーはぐいと頭をもたげた。「われわれ竜は、おまえたち人間のように、過去《かこ》に背《せ》を向けたりしない」シマーは、王女にふさわしい尊大《そんだい》な態度《たいど》で言った。

シマーが竜の王女らしいもったいぶった態度を取りはじめたのは、いいことにはちがいない。ぼくは思わずシマーの鼻面《はなづら》をつかむと、まっすぐ目をのぞきこんだ。

「つまり、きみたち竜は思い出にふけってばかりいるってことだね。どうして過去より未来《みらい》が悪いって決まってるのさ？」

シマーは、ぼくが大胆《だいたん》にも鼻にかけた手を見ようとして、より目になった。そしていきどおって後ろ足で立ったので、ぼくは宙《ちゅう》づりになった。シマーは、答えたいのにぼくが鼻をつかんでいるせいで答えられないというように、フウッと鼻を鳴らした。

「おまえはまちがっているなんて言うだけじゃだめだ」ぼくはいどむように言った。「見せてよ。宮殿《きゅうでん》を建ててみればいいんだ。もしそれがおじいさんのみたいにすばらしくなかったら、あやまるよ」

シマーはぼくのえり首をひっつかんで、鼻づらから引きはがした。ぼくは地面に下《お》ろされ、シマーが怒《いか》りくるうのを覚悟《かくご》して待った。ところが、眉《まゆ》は腹《はら》だたしげにひくひくしていたものの、シマーは言おうとしたことをのみこむように口をパクパクさせただけだった。それからしぶしぶ不本意《ふほんい》そうな笑《わら》いをうかべた。

「そうね」シマーはとうとうみとめた。「おまえの言うことには賛成《さんせい》はできないけれど、考えかたは気に入ったわ」

「じゃあ、海を取りかえしにいこう」ぼくはくるりと向きを変えた。もうすっかりシベットを追う気になっていた。

シマーは愛情《あいじょう》がこもっているといってもいいようなしぐさで、ぼくのズボンのおしりのところをつかんだ。

「そっちは南よ」シマーは別の方向へ向かってあごをしゃくった。「西はこっち」

「ああ」ぼくは小さな声で言った。そしてはずかしくなって、向きを変えた。

第十章

　ソーンとわたしは、海底《かいてい》をのろのろと横ぎっていった。道を選ばなければならなかったので、進みは遅《おそ》かった。わたしは前足も後ろ足も半分引きずるようにしてがにまたで歩いた。それでも塩はくずれて、わたしの固い皮もつらぬきそうなほど先のとがった、ぎざぎざのかたまりになった。粒《つぶ》のように細かくなった塩が足もとに舞《ま》いあがり、たちまち足首をおおって、まるで白い長《なが》靴《ぐつ》をはいているようになった。

　すぐに、ソーンにとってはわたしのあとをついてくるより、ならんで歩いたほうが楽《らく》だということに気づいた。わたしがふみくだいた塩のかたまりがごろごろしていては、歩きづらいのだ。でも、もっとつらいのは、風で塩が顔に吹《ふ》きつけられることだった。わたしの厚《あつ》い皮にはチクチクするだけだったけれど、少年の皮膚《ひふ》には何本もの針《はり》が突《つ》きささるように感じるにちがいなかった。

「だいじょうぶ？」わたしはたずねた。

ソーンはぼろぼろのえりをなんとか合わせようとしていた。「なにがひどいって、服の下に塩が入りこむことだよ。かゆくてたまらないんだ」

わたしはうしろの山脈《さんみゃく》をふりかえった。「もうすぐ夜明けよ。ちょっと休んだら、がんばって進んだほうがいい。まだ体力があるうちに、進めるだけ進まないと」

風がやんだぶん、昼間のほうが歩くのは楽《らく》だった。けれど、塩の表面《ひょうめん》に太陽の光がぎらぎらと反射《はんしゃ》して、その燃《も》えたつような光に世界がのみこまれそうだった。何度西を見ても、ひたすらはてしない白い平原《へいげん》がつづいている。わたしは自分がとても小さく、取るに足らないものになったかのように感じた。まるで永遠《えいえん》に這《は》いつづけてもけっしてこの海底《かいてい》からぬけだすことのできない、小さなアリのようだ。少年は真っ白なかに、小さくぽつんと見えているたったひとつの色だった。その輪郭《りんかく》さえ、真っ白い光のなかでゆらいで見えた。

海底に反射したぎらぎらした光は、空をも消してしまいそうだった。地平線《ちへいせん》近くの空は、青というより白に近かった。あたかも海底の白さがじわじわと天空《てんくう》とまじりあっていくようだ。真上に広がる空さえ、青白く色あせて見えた。

太陽がしずみ、ふたりとももう一歩たりとも歩けなくなるまで、わたしは休むことをゆるさなかった。それからソーンの袋《ふくろ》の食べ物ですばやく食事をすませ、決められた分だけの水を時間をかけてゆっくりと飲みほすと、横になろうとした。

けれども、海底《かいてい》をおおう塩が体の下でくだけてごつごつしたかたまりになるので、わたしの固い皮膚《ひふ》ですら、まるで岩の上で寝《ね》ているように感じられた。それだけでは足りないとでもいうように、山から氷のように冷たい風がヒューヒューと吹《ふ》きおろしはじめた。わたしの記憶《きおく》では、風はこんなにはげしくも冷たくもなかった。でも、あのころはいつも、すくなくとも十メートルは水の下にいたから、荒々《あらあら》しい風から守られていたのだろう。

わたしはちらっと少年を見た。少年は体の熱《ねつ》をのがすまいとして、両腕《りょううで》で体をかかえこむようにちぢこまっていた。その瞬間《しゅんかん》、少年はどうしようもなく無力《むりょく》に見えた。思わず目にかかった髪《かみ》の毛をはらってやりたくなったが、なんとかとどめた。竜《りゅう》のかぎづめは、戦《たたか》いには役に立つが、愛情《あいじょう》を示《しめ》すのには向いていない。いくら勇敢《ゆうかん》なことを言っても、しょせんはかよわい子どもなのだ。そのことを心にとめておかなければならない。

風はますます強くなり、少年はふるえだした。このままでは、いまに目をさましてしまうだろう。知らず知らずのうちにわたしは体を横にずらして、少年の風上《かざかみ》に横たわっていた。体を大きくしようかとも思ったけれど、これからの長い旅にそなえてできるだけ力をたくわえておいたほうがいいだろうと考えなおした。

その代わりにわたしは頭を下《さ》げ、けがをしていないほうの翼《つばさ》を広げて、寝《ね》ている少年に風があたらないように翼と体でかばってやった。少年のふるえが止まり、体の力がすうっとぬけていった。間《ま》もなくソーンはいびきをかきはじめた。言わせてもらえば、あんなに小さな鼻のわりには、けっこうな大きさだった。

わたしは前足に頭をのせた。うとうとしていると、遠くで岩に波が打ちよせる音が聞こえるような気がした。ただの風だ、とわたしは自分に言い聞かせた。

やがて、ようやく重たくなってきたまぶたのすきまから、風に吹《ふ》きあげられた塩が十メートルもの高さに細く立ちのぼるのが見えた。塩のリボンはまるで海草のようにゆらゆらとわたしたちのまわりをただよった。はるか頭上《ずじょう》を見あげると、昇《のぼ》ってきたばかりの月にてらされて、雲がふたつ、クジラのようにゆうゆうとただよっていく。わたしは、故郷《こきょう》にもどったような気がしていた。

そんなふうにして、わたしは朝日に起こされるまでぐっすり眠《ねむ》っていた。まぶたをうっすらと持ちあげると、少年はまだ寝《ね》ていたので、わたしはそっともとの場所へもどった。

少年をあまやかすのは、かしこいやりかたとは言えない。

二日目は、一日目よりさらにつらかった。風はさらに勢《いきお》いを増《ま》し、わたしすら、顔に塩をすりこまれているように感じた。足の感覚《かんかく》もなくなりはじめた。わたしがつらいのだから、少年はもっと苦しいにちがいない。痛々《いたいた》しいほど何度もつまずいていた。

わたしは少年をはげまそうと、地平線《ちへいせん》の上にうっすらと見える黒い点を指さした。「あの山脈《さんみゃく》は西の海岸の目じるしなの。もうすこしよ」

けれど、その日も、次の日も、山はほんのわずかしか近づかなかった。なお悪いことに、塩が固い皮のように一面をおおっている場所にさしかかった。この塩はくだけやすく、板のようになって、角《かど》が上へ突《つ》きだした。そのため、転ぶと刃物《はもの》のようにするどい角が手や足を切った。そしてその傷口《きずぐち》に塩がこびりつくので、どうかなりそうだった。塩が鼻や口にも入りこむので、数歩進むごとに水を飲まずにはいられなかった。

それでも、少年の気をすこしでもそらしてやりたくて、わたしは宮殿《きゅうでん》を取りかこんでいた広々《ひろびろ》とした庭園《ていえん》のようすを話してやった。花壇《かだん》でイソギンチャクが花のように開き、ウミウシが歌い、魚の群《む》れが長いヴェールのようなひれをひらひらさせながらおどるさまを物語った。

少年も歩きながら、いろいろな質問《しつもん》をした。けれども、やがてだまりこくって、ときおりうめき声をもらすだけになった。とうとう少年がよろめきはじめたので、わたしはかわいてひび割《わ》れた唇《くちびる》をなめて言った。「荷物《にもつ》はわたしが運んだほうがいいわ」

「自分でできる」少年の声はのどのかわきでうわずっていた。まるでかわいて折《お》れたアシが風に鳴るような音だった。

「ほかの竜《りゅう》に、荷物を運んでいるところを見られる心配もなさそうだから」

わたしは袋《ふくろ》とひょうたんをもぎ取ろうとしたけれど、ソーンは断固《だんこ》として荷物にしがみつき、自分で運べると言いはった。わたしたちはしばらく海底《かいてい》のまんなかで、ばかみたいに綱《つな》引きをしていた。わたしはソーンに言った。「おまえのそういう心意気《こころいき》は好きだけど、いまは迷惑《めいわく》よ。いい、**貸《か》しなさい！！！**」

ソーンはおどろいて荷物をはなし、もうすこしで転びそうになった。わたしは食料袋《しょくりょうぶくろ》とひょうたんを首にひっかけた。「さあ、いくわよ」

けれども二キロも進まないうちに、うしろでバリッという大きな音がした。ふりかえると、ソーンが塩の山にはまってもがいていた。

わたしがいらいらしたように鼻を鳴らしたのが聞こえたにちがいない。ソーンは大声で、すぐにいくとさけんだ。そしてどうにか這《は》いだすと、立ちあがろうとした。だが、腕《うで》がぶるぶるとふるえだし、またドサッとうつぶせにたおれてしまった。

わたしはソーンのところにとって返した。

「夜まで休まずに歩かないと」わたしはそばに立って、ソーンを見おろした。「食料がなくなる前に、この海底《かいてい》をぬけださないとならないわ」

「わかってる」ソーンはもう頭を持ちあげる力さえなく、頬《ほお》と口を塩に押《お》しつけたまま言った。

「すぐに追いつく」

わたしは前足でソーンをつついた。「このまま歩いていけば、あと二日でここから出られるのよ」

ソーンは弱々《よわよわ》しく手をふって、わたしの足をはらいのけた。「なら、ひとりでいって。あとからいくって言ったろ」

わたしはおちつきなく足を動かした。「いちばんはじめに、もしついていけなかったら置いていっていい、と言ったわよね」

「そうさ、それできみがまちがっていたって、みとめさせてやる」ソーンはいらだたしげな顔をした。「きみのかげよりぴったりとくっついていくからね——ちょっと昼寝《ひるね》をしてから」

わたしは前を向いたけれど、二歩も歩かないうちにまたうしろをふりかえった。ソーンはまだ塩のかたまりの上に大の字にのびていた。

「わたしはいくわよ」わたしはソーンに言った。

「すぐにいくってば」ソーンは眠《ねむ》そうな声で言いはった。

眠ってしまったら、このおろかものが二度と立ちあがれないことは、わかっていた。でも、わたしだってソーンがついてこないよう、できるだけのことはしたのだ。わたしの責任《せきにん》ではない。いっしょにくるな、とはっきり言ったのだから。わたしはもう一歩進んで立ちどまり、もう一度肩《かた》ごしにふりかえった。ソーンは塩の上に捨《す》てられたぼろ包《づつ》みのようだった。

「今度こそ本当にいくわよ」

ソーンはつかれきったように手を上《あ》げて、ふった。「すぐいく」

わたしは決心を固めて前を向き、足を高く上げて歩きはじめた。けれども、ここ数日は竜《りゅう》であるわたしにとってもきつかったと、みとめざるを得《え》なかった。ソーンは、人間としては本当によくやったのだ。

とはいえ、わたしが少年を運ばなければいけない理由はなにもない。食料や水を運ぶのはまだいい。けれど、まるでラクダのようにソーンを背中《せなか》に乗せて歩くとなれば、まったく別だ。

だが、この堕落《だらく》した世《よ》のなかで、忠誠心《ちゅうせいしん》というのは貴重《きちょう》なものにちがいない。わたしは、ちらちらと光る荒《あ》れはてた地をながめながら、海底《かいてい》が生命に満《み》ちあふれ、巨大《きょだい》な竜《りゅう》たちがあたたかく、けだるい水のなかをゆうゆうとただよっていたころのことを思いだした。

竜たちはすがたも美しく、話しかたも堂々《どうどう》としていた。けれど母上《ははうえ》が亡《な》くなったとき、友人も召使《めしつかい》もだれひとりとして、味方となって、真珠《しんじゅ》はわたしのものになる約束《やくそく》だったと証言《しょうげん》してはくれなかった。みんな、兄をおそれていたのだ。そして、わたしが国をのがれて、兄がわたしの追放《ついほう》を決めたときも、異議《いぎ》をとなえたものはいなかった。竜はだれも、このちっぽけな人間の半分もわたしのためにつくしてはくれなかったのだ。

わたしはため息をついて、自分は感傷的《かんしょうてき》なおろかものになりはてたと思った。そして、ゆっくりと向きを変えて、引きかえした。

ソーンはまだ、あわれなぼろ人形のように横たわっていた。

「どうしてわたしがまちがっていると証明《しょうめい》したがるの？」わたしは問《と》いただした。

「どうしていつも自分が正しいって言いはるのさ？」ソーンは言いかえした。

この海底のまんなかで一日じゅう言いあらそっていてもしょうがない。だからわたしは、だまって塩の上にしゃがんだ。

「乗って」わたしはため息をついた。

「え？」ソーンは塩でおおわれた頬《ほお》を上《あ》げた。

「乗れと言ったの」わたしは少年をにらみつけた。「でも、いつもそうするとは思わないで」


ソーンはけんめいに体を持ちあげようとしたけれど、それさえもできなかった。とうとうわたしはソーンのえり首をつかんで、背中《せなか》に放《ほう》りあげた。

そのあと、ソーンは一日じゅう眠《ねむ》りこけていた。その夜、わたしはむりやり水を飲ませ、食べ物をやり、ソーンが眠ると、そっと風上《かざかみ》に身を横たえた。そして、やわらかい太陽の光がレースのヴェールのように水中をたなびいていた光景《こうけい》を思いうかべながら、眠りに落ちていった。

第十一章

次の朝、目を開けようとすると、まるで熱《あつ》い砂《すな》をかぶせられたように感じた。わたしはうめいて、すぐに目を閉じた。

少年がもぞもぞと起きだしたのが音でわかった。

「いつからそんなふうに寝《ね》ていたの？」ソーンが聞いた。わたしは風をふせぐ体勢《たいせい》のままだったのを思い出したけれど、あとの祭りだった。

しゃべろうとしたけれど、のどがからからで、かすれた声しか出なかった。わたしは、苦労してなんとかつばを飲みこんだ。「いつだっていいでしょ」

わたしはそっとまぶたにふれてみた。はれてむくんでいる。

「目がおかしいわ」もう一度目を開けようとしたけれど、おそろしく痛《いた》かった。

ミシッミシッという音が聞こえ、ソーンが近よってきて、わたしの顔を調べた。

「宿屋にきた旅人が話してくれたことがある。北の山に住む人たちは、白い雪のせいで一時的《いちじてき》に目が見えなくなることがあるんだって。太陽の光が雪に反射《はんしゃ》して、目がやけどしたみたいになるんだ。たいてい一日休めば治《なお》るそうだよ。きっと白い塩が、雪とおなじ働きをしたんだ」

「一日休む分の食料はないわ」わたしは断固《だんこ》として立って歩こうとしたけれど、そろそろとすり足で一歩ふみだしただけで、つまずいて転んでしまった。塩に頭をぶつけ、刃《は》のようにするどくかけたかたまりであごを切った。

少年はたどたどしい足どりで、わたしがたおれているところまでやってきた。「だいじょうぶ？」ソーンはわたしの肩《かた》をたたいた。

「寒くて、飢《う》えて、のどがかわいて、そのうえ今度は目が見えなくなった」わたしは皮肉《ひにく》っぽく唇《くちびる》をゆがめた。「いったいどうなるの？」

少年がなにも言わないので、わたしはふしぎに思った。いつもあんなにおしゃべりなのに。と、いきなり少年はわたしににじりよった。

「いい考えがある」少年は言った。「きみがネコくらいの大きさにちぢめば、ぼくにも運べる」

わたしはふんと鼻を鳴らして、前足でバリバリと塩をくだいた。「ばかなことを」

「でも、一日休んだおかげで元気になったんだ」ソーンが横にすわると、おしりの下で塩がミシッと鳴った。

「そういう問題ではない」わたしはどうにか頭を上《あ》げた。「王女であるわたしが、おまえより小さくなるわけにはいかないわ」

相手が竜《りゅう》だったら、礼儀《れいぎ》正《ただ》しくそこで話を終えただろう。けれどもソーンは、いかにも人間らしい無礼《ぶれい》さで、話をつづけた。「でも、実際《じっさい》は王女じゃないだろう？　追放者《ついほうしゃ》じゃないか」

「まだそこまで落ちていない」わたしはぴしゃりと言った。

ソーンの声は心配そうな調子をおびてきた。「あちこちで転んでけがをしたらどうするの？　足を折《お》るかもしれないよ」

王女として竜たちと暮《く》らしていたときでさえ、こんなふうにあれこれ心配されたことはなかった。われわれ竜は、強く健康《けんこう》であることを誇《ほこ》りにしていた。鼻をクシュンとさせただけでも、おそろしい恥《はじ》だったのだ。

「たとえ這《は》って進まなければならないとしても、遅《おく》れずについていく」

ソーンは、一段《いちだん》と声を高く、あまくして言った。まるでがんこな子どもをあやしているようだった。「だけどきのう、見ているものはいないって言ってたじゃないか。だれにもわかりゃしないよ」

「自分にはわかるわ」わたしは、できるかぎり冷《ひ》ややかな声で言った。「それにおまえにも」

「まったく」塩のかたまりをこぶしでたたいたようだった。「どうしてそういつも、くだらない誇《ほこ》りにこだわるんだい？」

わたしはいらいらして、ついなにも考えずに言った。「わたしにはそれしかなかったから」

「そうか」少年は小さな声で言って、わたしを思いやるようにつけくわえた。「追放《ついほう》されてから、つらい思いをしてきたんだね」

わたしはおちつきなくもぞもぞと体を動かした。流浪《るろう》の生活についてたずねられた記憶《きおく》などなかったのだ。

「そうね」わたしはゆっくりと息を吐《は》いた。「たしかにそうだわ」

「じゃあ、どうやったらぼくを友だちとみとめてくれる？」少年は本当にどうしたらいいのかわからないようすだった。

わたしは額《ひたい》を掻《か》いた。ソーンとおなじくらい困惑《こんわく》していた。

「わからないわ」わたしは白状《はくじょう》した。「こんな状況《じょうきょう》になったのは、何世紀ぶりだから」

「そうだろうね」少年はそっけなく言った。

「だれも、いっしょにいてちょうだいとは言っていないわ」わたしはかっとなって頭をふりあげた。「おまえだろうと、ほかのだれだろうと、必要ない。はるかむかし、あの誤解《ごかい》があってから、決めたのよ。二度とだれかに助けてもらおうなんて思わない、と」

「ああ、もちろん」ソーンは間髪《かんぱつ》いれずにうなずいた。まだわかいのに、ノビーの宿屋で何年も働いていたせいで、人をなだめるやりかたを学んでいた。「ただきのう運んでもらった借《か》りを返そうと思っただけさ」

なるほど、そういうことなら、わずかだけれど事情《じじょう》はちがってくる。わたしはじっくり考えてみた。本当のことを言って、わたしだって一日じゅう転びつづけるというのはあまりうれしくはない。ついにわたしは首をたてにふった。

「おまえに借りをつくるとか、そういうことではないわよね？」

「もちろんだよ」すかさず少年ははげますように言った。「ぼくのほうが、きみへの借りをすこし返すだけさ」

わたしは声のするほうへ頭をふりむけた。「ほかの人間には言わない？」

「誓《ちか》うよ」

痛《いた》みにもかかわらず、わたしは片方《かたほう》のまぶたをあげて、ソーンが誓《ちか》いのしるしに右手を上《あ》げているかどうかたしかめた。そして本当に上げているのを見ると、また目を閉じた。屈辱《くつじょく》を受けるのは耐《た》えられないけれど、ソーンの言うことはすじが通っていた。

「わかったわ」わたしはしぶしぶ言った。「だけど、背中《せなか》に乗るわ。どこかの飼《か》い犬みたいに抱《だ》かれるのはいや」

「おおせのとおりにするよ」ソーンは言った。それから布《ぬの》を破《やぶ》く音が聞こえた。

「なにをしているの？」わたしはいらいらして言った。

「シャツを裂《さ》いて、目かくしをつくるんだ」ソーンは説明した。「それを顔に巻《ま》けば、黒い布で目が見えなくなるのをふせげる」それからつけくわえた。「と思う」

わたしは真珠《しんじゅ》にふれ、かぎづめで宙《ちゅう》にしるしをえがき、ぼそぼそと呪文《じゅもん》をとなえた。ちぢむのは大きくなるよりも痛みをともなう。一瞬《いっしゅん》、骨《ほね》という骨が、市《いち》の日に集まってきた群衆《ぐんしゅう》のようにぎゅうぎゅう詰《づ》めになる。けれど、ネコの大きさにまでちぢむと、痛みはすぐに引いた。

ソーンが抱きあげて肩《かた》にのせると、わたしは思わず身をくねらせた。

「ずいぶん骨ばっているのね」わたしは文句《もんく》を言った。

「痛い。かぎづめを立てないでよ」ソーンが乱暴《らんぼう》に肩をゆすると、まるで大地震《だいじしん》が起こったように感じた。

　とはいえ、ソーンは一日休んだおかげで、かなり回復《かいふく》したようだった。しっかりした足どりで順調《じゅんちょう》に歩きつづけ、夕方には海の西のはずれまでたどりついた。白い塩と、山のふもとから吹《ふ》きとばされてきた赤茶色の粘土質《ねんどしつ》の土とが交じりあって、地面がピンク色になっている、とソーンは言った。けれども、わたしはそこで止まらないように言った。

　完全《かんぜん》に山のなかに入るまで、わたしはソーンを歩かせた。このあたりはいまも、枯《か》れ木や葉の落ちたやぶにおおわれ、うっそうとしていた。それでも、ソーンは火を起こすのに手間《てま》どっていた。わたしはまだつかれて調子も悪かったので、もとの大きさにもどりたくなかった。

　むかし、ほかの世界にいるという、火の息を吐《は》く竜《りゅう》の話を聞いたことがあった。わたしはいつも、それでは泳ぐときに不便《ふべん》だろうと思っていた。まわりの水も蒸気《じょうき》に変えてしまうのだろうか。けれどもいま、少年がぎこちない手つきで包丁《ほうちょう》と火打石《ひうちいし》をあつかうのを見ていると、火を吐くほうが手っ取り早いことは否《いな》めなかった。

　最後の食料を分けあうと、わたしは心地《ここち》よい火に顔を向けて丸くなった。

「目はどう？」ソーンが聞いた。

　わたしはためしにまばたきしてみた。「すこし痛《いた》いだけ。あしたには直るわ」

ソーンはコホンとせきばらいをした。「あしたも運んであげてもいいよ」

「けっこうよ。自分で歩けますから」わたしはしっぽを体に巻《ま》きつけた。

ソーンはまたせきばらいをした。「でも、ぼくは役に立ちたいんだ」ソーンは〝役に立つ〟というところを意味ありげに強調《きょうちょう》した。

前に少年を役立たずと言ったのは、あまり正確《せいかく》ではなかったかもしれない。ということは、なにがしかの謝罪《しゃざい》をすべきだろう。

「ああ、そうね」わたしは眠《ねむ》そうにつぶやいた。「おまえは思ったよりよくやったわ」

「ありがとうも言わないわけ？」ソーンは文句《もんく》を言った。

わたしはため息をついた。人間というのは、わずかなほめことばでもあたえようものなら、たちまちきりなく要求《ようきゅう》する。でも残念《ざんねん》ながら、相手をまちがえている。わたしは耳によいことばかりならべたてて人をあまやかすような手合《てあ》いではない。

「どうして感謝しなければならないの？」わたしは言った。「ちょっと考えてみれば、わかるはずよ。わたしはおまえの頭のうしろを太陽の熱《ねつ》から守ってあげていたの。そうですとも、わたしがいなかったら、日射病《にっしゃびょう》で死んでいたかもしれない。ただし……」わたしはこれ以上ないというくらい重々《おもおも》しく鼻を鳴らした。「わたしがお礼を言ってほしがっていると思ったら大まちがいよ」

少年は、長いあいだぼうぜんとしてだまっていた。実際《じっさい》、あまりにもしずかなので、目を開けてようすをうかがおうかと思ったほどだった。ところが、少年はいきなり吹《ふ》きだした。

「きみって信じられない人だね」

わたしは、悪《わる》びれずに彼《かれ》のまちがいを正《ただ》した。「またといない、と言ってほしいわ」そして、いつの間《ま》にか眠《ねむ》りに落ちた。

次の朝になると、目はまるで生まれたてみたいに回復《かいふく》していた。翼《つばさ》もおなじだと言いたいところだけれど、だいぶよくなったとはいえ、まだ飛ぶだけの力はなかった。代わりに足の裏《うら》を見て、わたしは「ふう」とため息をついた。「すくなくとも、まっすぐ立つことはできるわ」

いつもの大きさにもどろうとしたとき、山の斜面《しゃめん》を小石が転がり落ちてきた。少年はおどろいて飛びのいた。わたしは身をかがめてじっと山の上を見た。

「へえ、おどろいたわ」わたしは目を細めた。「まだ生きているものがいるとはね」

そして少年にもう一度火を起こしておくように言いのこし、斜面をかけあがって狩《か》りをはじめた。一時間ほどかけて、深緑のトカゲを五、六匹《ぴき》つかまえ、しっぽをくわえて小走りでもとの場所へもどった。

ソーンは包丁《ほうちょう》を出して、皮をはぎはじめた。「これを新しい仕事にしたら？」

「おだまり」わたしは警告《けいこく》した。「でないと、山くらい大きくなって、おまえもおやつにしてやるわ」

ところが、腹《はら》の立つことに、ソーンはちっともこわがっていなかった。それどころか、わたしを変わりものの叔母《おば》かなにかのように、おもしろがっているようすだった。

朝食を食べおわると、わたしは正しい大きさにもどり、ソーンをつれて山に入っていった。

「さてと、ここはむかし川だったの。人間が峡谷《きょうこく》の町からの航路《こうろ》に使っていたわ」わたしは、前方《ぜんぽう》の山をすばやく見わたした。

「人間がここにきていたの？」少年はたずねた。

「しょっちゅうね」わたしは土の道を進んでいった。「というより、峡谷の町が繁栄《はんえい》したのは、わが一族との交易《こうえき》があったからよ。峡谷の町を竜の市《いち》と呼《よ》ぶものもいたくらい」

やがて、けわしい崖《がけ》にはさまれた深い谷に出た。かつては山からわきでた水が流れていたけれど、その川は、水を送りこんでいた海とおなじく、とうのむかしにすがたを消していた。けれども、谷底《たにぞこ》の道はかなり歩きやすかった。おまけに、水たまりまで見つけることができた。おそらく雨水の残りだろう。塩気があるけれど目をつぶって、ひょうたんを満《み》たした。

その夜、わたしたちは峡谷《きょうこく》を半分ほど上《あ》がったところにある岩だなで夜を明かすことにした。岩だなは広々《ひろびろ》として、くずれかけた壁《かべ》で仕切《しき》られていた。ここは、かつて父上《ちちうえ》がつくらせたテラスだった。いまいるのはもっとも低いところで、むかしは崖《がけ》のてっぺんまで段《だん》がつづいていた。固い土の上にあお向けに寝《ね》ころぶと、ブドウ園に残っているしなびた木のかげがいまでも見えた。まわりを、幽霊《ゆうれい》の手のようにひょろりとした枯《か》れ木が取りかこんでいた。

ソーンがあたりの木の枝《えだ》を集めて火を起こしているあいだに、わたしはまた何匹《なんびき》かトカゲをとってきた。木の枝はとうのむかしに消えた果樹園《かじゅえん》のかおりがして、わたしはむかしを思い出した。

「ほとんど一年じゅう、ザクロや、ナシや、プラムや、ナツメや、アーモンドのかおりで満《み》ちみちていた。テラスは花で真っ白だったわ」

ソーンは、まるでわたしの話す光景《こうけい》を見ているかのように、しばらくじっと炎《ほのお》を見つめていた。

「そしてシベットがきたんだね？」

わたしはそっけなく首をたてにふった。「そう、シベットがきた」

「だけど、どうしてシベットはきみの海をぬすんだの？」

「そうね」わたしはしばらく考えてから言った。「猛獣使《もうじゅうつか》いは、シベットがむかし峡谷の町で暮《く》らしていたと言ったわね。はじめて知ったわ。おそらくなにかが起こって、この場所をにくむようになったんでしょうね。そうなら、わたしの一族のことをにくんでいたとしてもふしぎはない。なんと言っても、この町に富《とみ》をもたらしていたのはわたしたちだったのだから」

わたしはもう一本枝《えだ》を火にくべた。かわいた枝はバンとはじけて、炎《ほのお》をふきあげた。

「あの女をつかまえるまで、本当のところはわからないでしょうね」

ソーンは頬《ほお》づえをついて、夢《ゆめ》みるようにつぶやいた。「また川が流れるようになったらすばらしいだろうな」

「おまえも、川ぞいに小さな土地を持てるかもしれないわ」

わたしは、ねらいをつけていた太ったトカゲを選んで、枝に突《つ》きさした。

「だけど『ものごとは順番《じゅんばん》が肝心《かんじん》』と母上《ははうえ》はよく言っていたわ」わたしはトカゲをあぶりはじめた。「まず、シベットをつかまえないと」

第十二章

峡谷《きょうこく》をのぼるのにもう一日かかったが、ようやくくずれやすい赤い岩でできている円形の盆地《ぼんち》にたどりついた。ここはかつて大きな湖だった。川の水源《すいげん》だったのだ。片側《かたがわ》の斜面《しゃめん》には広い階段《かいだん》がきざまれていたが、四分の一ほど下《くだ》ったところで終わっていた。

わたしはかぎづめで、かつて川船の船着場《ふなつきば》だった岩だなを指した。「ここは、旅人たちのお気に入りの場所だった。みんな山をこえたあと、ここに泊《と》まって休んだの」

それから前足を大きくふりあげて、上へとつづいている階段を指し示《しめ》した。「父上《ちちうえ》はおかかえの熟練工《じゅくれんこう》に命《めい》じて、川底《かわぞこ》に段をきざませた。そして魔法《まほう》を使って、石段の上を流れていく水が音楽をかなでるようにしたのよ」

ソーンは額《ひたい》の汗《あせ》をぬぐった。「いま残っているのは、石の発《はっ》する熱《ねつ》だけだ」

わたしはうなずくほかなかった。たしかに、むかしとはまったくちがう。かつて、滝《たき》のふもとにわたしたち竜《りゅう》は集まり、水のかなでる音楽に聞きいり、水しぶきを浴《あ》びていた。滝の下で渦巻《うずま》く流れのなかを転げまわったこともあったかもしれない。わたしはソーンをつれて入《い》り江《え》のなだらかな斜面《しゃめん》を這《は》いのぼり、峡谷《きょうこく》の町につづく山ごえの古い街道《かいどう》になんとかたどりついた。

街道にはときおり、むかし敷《し》かれていたと思われる石が見られることもあったけれど、地すべりや地震《じしん》や風雨《ふうう》のためにじわじわとくずれて、いまではせまい山道になりはてていた。

山を半分ほど登ったところで、わたしはもう一度、翼《つばさ》が使えるか試《ため》してみた。傷《きず》はだいぶよくなっていて、野生《やせい》の羊にすばやく飛びかかることができるほどになっていた。おかげで食べ物はじゅうぶんになり、水もとちゅうでいくつか泉《いずみ》を見つけることができたので、三日目の終わりに山のてっぺんまできたときには、ふたりともだいぶ力を取りもどしていた。

眼下《がんか》には、ふたつの山脈《さんみゃく》にはさまれた大きな楕円形《だえんけい》の谷が広がっていた。北側《きたがわ》の山から小さな川が流れ落ちて谷のまんなかにたまり、山と山のあいだのせまいすきまをぬけて、その先の大きな〝矢の川〟へ合流している。かつては小さな美しい谷だったけれど、何世紀にもわたって木を伐採《ばっさい》してきたため、まわりの山や斜面が大きくけずれていた。そのうえ、鉱物《こうぶつ》や石を掘《ほ》りだしたのがよけい事態《じたい》を悪くした。谷底《たにぞこ》には真っ黒いヘドロがうずたかく積《つ》みあがり、川自体も周囲《しゅうい》の工場のためによごれていた。耕《たがや》されている畑もいくつかあったけれど、ほとんどは干《ひ》あがって荒《あ》れはてていた。

右側《みぎがわ》の岸のむこうに、ピンク色の石でつくられた町が見えた。広々《ひろびろ》とした通りが走り、家々《いえいえ》の壁《かべ》には海の風景《ふうけい》がえがかれている。さんご礁《しょう》のような彫刻《ちょうこく》がほどこされたものもある。それを見て、わたしはまた故郷《こきょう》がなつかしくなった。竜《りゅう》の世界を写しとったものもあったからだ。

けれども、峡谷《きょうこく》の町もまた時をのがれることはできなかった。建物のなかには屋根がくずれおちたものもあり、多くの通りは泥《どろ》と塵《ちり》にまみれていた。

「シベットはもうきたのかな?」ソーンはふしぎそうに言った。「ずいぶん荒れはててるね」

「たしかに記憶《きおく》にあるのとはちがうけれど、わが一族との交易《こうえき》が断《た》たれて人間たちは出ていったのかもしれないわ」

けれども、あたりをしばらく調べたあとで、町まで飛んでいくのはやめることにした。翼《つばさ》はもうじゅうぶん治《なお》っていたけれど、シベットが先まわりして、待ちぶせしていないとは言いきれなかったからだ。そこでわたしは身なりのいい商人にすがたを変え、ソーンを召使《めしつかい》にした。

すこし休んでから、わたしは先に立って山道を下《お》りはじめた。

「たしか、城門《じょうもん》の横にいい宿があって、おいしい蒸《む》しだんごを出してくれたわ」それからつけくわえた。「まだあればの話だけれど」

城門につくと、両わきの塔《とう》に石弓《いしゆみ》の射手《しゃしゅ》がおおぜいいた。道の両脇《りょうわき》には、さまざまな肌《はだ》や髪《かみ》の色をした男たちが長槍《ながやり》を持って直立不動《ちょくりつふどう》の姿勢《しせい》をとっている。黄色いひげを生《は》やした小柄《こがら》な将校《しょうこう》が、列と列のあいだをいばったようすでいったりきたりしていた。

将校はたっぷりした青い絹《きぬ》のズボンを赤い長靴《ながぐつ》にたくしこみ、胸《むね》のまわりにトラの毛皮を巻《ま》いていた。身に着けている防具《ぼうぐ》は鉄かぶとだけで、てっぺんについた大くぎから絹のリボンをなびかせている。わたしたちを見ると、将校は手を上《あ》げた。「名を名乗り、どのような用件《ようけん》で峡谷《きょうこく》の町にまいったか申《もう》せ」

わたしは疑《うたが》ってふんふんと鼻をひくつかせたが、シベットのにおいはしない。さらに言えば、男は人間ではなく、かわいた夏の日ざしに熱《あつ》くなった、ほこりっぽい敷石《しきいし》のようなにおいがした。

「そちらのほうこそ、何者《なにもの》で、ここでなにしている?」わたしは強い口調《くちょう》で言った。

将校が手を上《あ》げると、うしろの男たちがさっと槍をわたしたちに向けた。「われわれは偉大《いだい》なる英雄《えいゆう》にして、天帝《てんてい》とならぶおかた、大賢人《だいけんじん》さまにつかわされたのだ」

大賢人とは！　問題ばかり起こすうぬぼれた泥棒《どろぼう》に、ずいぶん大げさな名前をつけたものだわ！　サルと言うほうが、よほどみなが知っている。はずかしい話だけれど、竜《りゅう》ですらこのサルを止めることはできず、わが叔父《おじ》、黄金の海の王はやっつに魔法《まほう》の鉄棒《てつぼう》をさしだすはめになった。この鉄棒は、楊枝《ようじ》くらい小さくもなれば、二メートルの棒ほどにものびる。そのおそろしい魔法の武器《ぶき》をふりかざし、怪物《かいぶつ》たちの軍《ぐん》をしたがえ、サルは自分の王国を築《きず》こうとしたのだ。けれど、さいわいにして、サルの前に強敵《きょうてき》があらわれた。老小子《ろうしょうし》と呼《よ》ばれるよい仙人《せんにん》だった（生まれたときから白髪《しらが》だったので、この名で呼ばれていた）。長くはげしい戦《たたか》いのすえ、老小子はようやくサルの頭に金のかざり輪《わ》をつけることに成功《せいこう》した。この輪は、サルが老小子にそむくとおそろしい苦痛《くつう》をあたえた。だからサルもいまは、老小子に仕《つか》え、過去《かこ》の罪《つみ》をつぐなうために主人のさまざまなよき仕事を手伝《てつだ》っているはずだった。しかしわたしの聞いたところによると、この手に負《お》えない荒《あら》くれものは、たまに調子に乗って、人助けと称《しょう》して鼻に止まった蚊《か》を打つのに槌《つち》を使うようなまねをするということだった。

わたしは将校《しょうこう》をじろじろ見つめた。サルは石のたまごから生まれたと言われている。この男のおかしなにおいも、それで説明がつく。

「もしかして、おまえがそのサルなのではないか？」

「大きい声で言うなよ」サルはささやいた。「老小子様が、シベットから峡谷《きょうこく》の町を守るよう、おっしゃったんだ。だから変装《へんそう》してるのさ」

わたしは皮肉《ひにく》な笑《わら》いをうかべた。「自分の自慢《じまん》をしては、変装とは言えないわね」

サルはわたしをにらみつけた。「おれさまは、七十二変化《へんげ》の名人だ」サルはむきになって言った。「わすれた魔《ま》法《ほう》の数だけでも、おまえが一生かかったっておぼえられないくらいあるんだぞ」

そして、突然《とつぜん》目を細めてわたしを見た。「どうやらおまえは竜《りゅう》の一族の出《で》らしいな」サルは鼻を鳴らした。「いつも舌《した》で身をほろぼす連中《れんちゅう》さ」

わたしは人間のすがたとしてせいいっぱい、身を正《ただ》した。「もうすこし敬意《けいい》を示《しめ》したらどう？　われわれ竜は、この世界に最初に生まれたのよ」

サルは腕《うで》を組んだ。「わかりきった自慢ばかりで、みんなを死ぬほど退屈《たいくつ》させるんだ」

わたしは唇《くちびる》をすぼめた。「あら、おたがいずいぶんとするどい牙《きば》を持っているようね。たちの悪い虫けらにふさわしく、ふみつぶしてやりましょうか？」

サルのひげが怒《いか》りで逆立《さかだ》った。「やってもらおうじゃねえか」

ソーンが、あいだに割《わ》って入った。

「つづきはなかでやってもらえない？」ソーンは意味ありげにかわるがわるわたしたちを見た。

「だれも、立ち聞きできないようなところでさ」

サルは前にせりでて、わたしを指さした。「この、でかくなりすぎたトカゲやろうがはじめたんだ。おれさまの品格《ひんかく》をけなしやがった」

「おまえの評判《ひょうばん》など、とっくに地に落ちてるわ」わたしはソーンを押《お》しのけて前へ乗りだした。

「それどころか、すっかり朽《く》ちはてて、芯《しん》まで腐《くさ》っているんじゃない？」

ソーンはわたしたちふたりを引きはなそうとした。「ふたりとも花火を上《あ》げて、自分たちの正《しょう》体《たい》をかいた看板《かんばん》でもかかげてシベットに見つけてもらえば？」

サルはうしろへ下《さ》がって、ズボンをひっぱりあげた。「このことについては、また今度話しあうことにするか？」

「なら、魔法《まほう》の腕《うで》くらべはどう？」わたしは言った。「シベットをとらえたらね」

サルはおかしな目でわたしを見た。「よく相談《そうだん》しようじゃないか」

それからくるりとまわれ右して、わたしたちについてくるよう合図《あいず》した。二列にならんだ槍兵《そうへい》たちのあいだを歩きながら、槍兵たちが、青い肌《はだ》や緑の髪《かみ》などそれぞれ肌や髪の色はちがうとはいえ、全員サルに似《に》ていることに気《き》づいた。

サルは、わたしたちを左側《ひだりがわ》の塔《とう》のささえの部分にある、小さいけれども居心地《いごこち》のいい部屋《へや》に案《あん》内《ない》し、食べ物とお茶を持ってくるよう部下《ぶか》に命《めい》じた。

わたしは背中《せなか》を掻《か》こうとして、思わずもぞもぞした。「ああ、人間のすがたにはうんざりだわ。かゆくてしょうがない」

ソーンは荷物《にもつ》をすみに置いた。「よろい戸《ど》は閉《し》まってる。本当のすがたにもどったら？」

「そうね。そうしたら楽《らく》になるわ」

わたしは、まるで背中にノミの入ったつぼを落とされたみたいに体をくねらせた。そしてサルに背中を向け、魔《ま》法《ほう》のしるしや、呪文《じゅもん》をとなえている唇《くちびる》を読まれないようにして、竜《りゅう》のすがたにもどった。

「おいおい、気をつけやがれ」サルが怒《おこ》ってどなり声をあげた。わたしのみごとな竜の体はせまい部屋《へや》を完全《かんぜん》にふさぎ、食卓《しょくたく》をひっくりかえして、サルを壁《かべ》に押《お》しつけていた。サルはわたしの尾《お》をけった。「ちょっとちぢめないのか？」

わたしは翼《つばさ》を持ちあげ、首をひねって肩《かた》ごしにサルを見すえた。「竜の王女は、つねにふさわしい大きさでいなければならないの」

「そうかい」サルはうなった。「じゃあ、おまえさんの腹《はら》を食卓にするしかないな。置く場所がないんだから」

わたしはため息《いき》をついた。「いいわ。しかたない」

そして、また魔法《まほう》のしるしと呪文《じゅもん》をサルに見られないように慎重《しんちょう》にかくしながら、二メートルちょっとまでちぢんだ。

「信用できるというところを見せるために、おれも本当のすがたになろう」サルは呪文をつぶやき、体をふるわせてさけんだ。「変身！」

サルはたちまち、頭も首も手もむさくるしい黄色の毛でおおわれた。粗末《そまつ》なねずみ色《いろ》のローブをまとい、肩《かた》にトラの毛皮を留《と》めて前にたらしている。頭には、光沢《こうたく》のある絹《きぬ》の、へなっとしたおかしな帽子《ぼうし》をかぶっていた。

わたしは、毛のない尾《お》を指した。「どうしたの？」

サルは親指で外を示《しめ》した。「シベットを待ちぶせするんで、町の住人にここをはなれるよう説《せっ》得《とく》したんだ。やつらが出ていったあと、魔法を使ってしっぽの毛を人間に変えたってわけ」サルは得意《とくい》げに頭をそりかえした。「頭いいだろ？」

「いったいどうやって住人たちを納得させたの？」わたしはふしぎに思って聞いた。

「おれは説得するのがうまいのさ」サルは自慢《じまん》げに、はげたしっぽをふりまわした。

「はん」わたしは鼻を鳴らした。「つまり、おどして、むりやり出ていかせたってことね。おまえの主人が、そんなことをさせるためにおまえをここにつかわしたとは思えないけれどね」

サルは尾《お》を下に垂《た》らした。「こんなところにいつまでもいるのはごめんだ。シベットをつかまえて、二度と悪事《あくじ》を働けないようにしてやるつもりなのさ」

「シベットは本当に、おまえのわなに気づいていないの？」わたしは聞いた。

「ああ」サルは帽子《ぼうし》をぬいで、指の先でくるくる回した。頭に細い金の輪《わ》がはめられていた。

「このサルさまは、待ちぶせをするときゃ、ぬかりなくやるのさ。何百もの偵察《ていさつ》を送って、見られていないことはたしかめた。だから心配ないってことよ、ええと……？」

「シマーと呼《よ》ばれている」わたしは言って、ソーンのほうに背《せ》を向け、掻《か》かせた。「失《うしな》われた海の一族よ」

「なるほど、あんたが例《れい》の竜《りゅう》かい」サルは考えぶかげに頬《ほお》づえをついた。「それでそっちの子は？」

「ぼくの名前はソーン」少年は言った。「家族のことは知らないんだ」

サルはじろじろと少年の顔を見た。「おまえの顔は、どこかで見たことがあるぞ」

ソーンの掻く手が止まった。

「どこで？」ソーンは身を乗りだして聞いた。

サルは少年をじっとながめ、鼻にしわをよせた。「もうすこし考えさせてくれ。そしたら思い出す」

少年はくずれるように壁《かべ》にもたれた。「ぼくの家族のことが、わかるかと思ったのに」

サルは前足を上《あ》げた。「ちょっと待て。いま思い出す」

わたしはこれ以上、ソーンをがっかりさせたくなかった。

「みとめるのね」わたしはサルをののしった。「おまえはもう年なのよ」

サルはどかっと腰《こし》を落とした。「山のようにいる竜《りゅう》の王や女王たちの名前を聞いてみろ。そいつらの名前だけじゃなくて、その子どもも、叔父《おじ》も、叔母《おば》も、またいとこに、またまたいとこの名前だって言ってやるぜ」

そのとき、サルのつくったにせの人間が、大きなお盆《ぼん》を持って入ってきた。さまざまな肉まんじゅうが盛《も》られた大皿と、急須《きゅうす》と茶わんがのっている。にせの人間がお茶を注《つ》いでいるあいだ、わたしはサルをにらみつけた。「舌《した》がまだ持ちこたえているようでよかったわね。記《き》憶《おく》のほうはすっかりのようだけれど」

サルはお茶の入った茶わんを持った。

「乾杯《かんぱい》」サルは言って、飲みほすように頭をかたむけた。

それをたしかめると、わたしはのどがかわいていたのでお茶を飲みほして、さらにもう一杯注《つ》いだ。けれども少年は、さっきのサルのひと言でのどのかわきも食欲《しょくよく》も失《う》せたように、ひと口すすっただけだった。

「力をつけないと」わたしは言って、蒸《む》しだんごを皿に取って少年の前に置いた。

ソーンはのびをしてあくびした。「それより横になりたい」

わたしもつられてあくびをした。

「いったいどうしたのかしら？」わたしは前足を口にあてた。

ソーンは眠《ねむ》そうに腕《うで》をだらんと垂《た》らした。「長くて苦しい旅だったから」

「そこにわらぶとんがあるよ」サルが指さした。

けれども、ソーンはそこまでいくこともできなかった。

「本当だ」と言うなり、ソーンはドサッとあおむけにたおれ、そのまま床《ゆか》の上で眠りだした。

サルが茶わんを置いた。見ると、中身はほとんどそのまま残っていた。

「飲んだふりをしたのね」わたしはサルを責《せ》めて、にらみつけた。

「今回の待ちぶせは、おれさまの計画だ」サルはくぎをさすように言った。「ご主人様には、おれが町を救《すく》い、シベットをつかまえると申《もう》しあげたし、実際《じっさい》そのつもりだ。最後の最後になって、おまえさんがしゃしゃり出てきて、手柄《てがら》をひとりじめするなんてわけにはいかないのさ」

わたしはサルに一撃《いちげき》をくわえようと足を上《あ》げたけれど、まるで石でできているように重かった。

「わたしがほしいのはシベットの小石だけよ、ばかなサルめ」

「それならもらえるさ」サルはわたしの肩《かた》をこづいた。「ただし、おれがあの女をつかまえてからだ」

わたしはサルに霧《きり》の石のことを警告《けいこく》しておこうとしたけれど、唇《くちびる》が反応《はんのう》しなかった。わたしはばったりとうしろ向きにたおれ、頭が床《ゆか》につくよりも早く暗《くら》やみへと落ちていった。

第十三章

何日も眠《ねむ》っていたのか、それとも数時間眠っただけなのかわからなかった。ソーンはけんめいにわたしを起こそうとしていた。わたしの肩《かた》をこづいたり、名前を呼《よ》んだりしているのはわかったけれど、その声ははるかかなたからひびいてくるようだった。どうしても、目を開けることができなかった。

まるで深い井戸《いど》の底《そこ》にいるようだ。音が水のなかを下《お》りてくるあいだに、細くゆがんでしまったような感じだった。

けれども、サルの声が聞こえるような気がした。「それで、どこへいくのかね、ばあさん」年とった女の声が聞こえた。いまにもひび割《わ》れそうな古木《こぼく》を思わせる、きしんだ声だ。「ご主人様に水を持っていくんです。墨《すみ》をするのに、新しい水をお使いになるので」

シベットにちがいない。住人が立ちのいてだれもいないはずの町に、知っているものがいるふりをするなんて、あの女にきまっている。

「小《こ》うるさい主人だな」ばかなサルめは、つかまえる前にちょっとばかり楽しもうというのだろう。

「有名な作家《さっか》なんです」女は答えた。「とても気短《きみじか》なおかたで。さあ、通してください」

「おれはちょっとのどがかわいていてな、ばあさん」サルは気安《きやす》く言った。「ひと口飲ませてくれんかね？」

「ご主人様の水なんです」女は言いはった。

「起きて」ソーンはせきたてた。「きっとシベットだよ」

「桶《おけ》二杯《はい》も？」サルはなじるように言った。「両手で書くとしたって、そんなには要《い》らないだろう」

「早く」ソーンはあせって言った。

まぶたを持ちあげようとしたが、まるで鉛《なまり》でできているようだった。外から、水がピシャピシャはねる音と、ゴクゴクのどを鳴らす音がした。

「やめてください！」老女《ろうじょ》はおどろいてさけんだ。「ひと口って言ったじゃないですか。まるまる飲むなんて！」

「おれのひと口は、ほかのやつらの一杯《ぱい》分なんだ」サルはしゃあしゃあと言った。そして空《から》の木桶《きおけ》を放《ほう》りなげたようなカランという音がした。「それに、おれさまほどのどがかわいているやつは、まずいないね」

目が開くまで、たまらなく長く感じた。閉《し》めきったよろい戸《ど》の端《はし》からもれる光は、深い金色だった。ちょうど日の出か、もしくは日の入りだろう。

ソーンは窓《まど》わくのところにしゃがんで、下《した》わくとよろい戸のすきまから外をのぞいていた。そしてわたしに向かって手まねきした。「早く」

さらにのどを鳴らす音と、老女の泣きさけぶ声が聞こえた。「ああ、またもどって、水をくんでこなければならない」

ソーンの肩《かた》ごしに首をのばすと、サルが腰《こし》の曲がった小柄《こがら》な老女の前に立っているのが見えた。サルのシャツの前はびしょぬれだ。ちょうどバケツをひっくりかえして、なかが空なのを見せようとしているところだった。

「すてきなご婦人《ふじん》から、これほどうまい飲み物をちょうだいできるとは」サルは桶をわきに投げた。「桶《おけ》のなかにはなにが入っていたんだ？　町の井戸《いど》に入れる毒《どく》か？」

老女《ろうじょ》は、おもむろに背《せ》をのばしはじめた。「これを飲むとはばかなやつめ」

わたしはあわててよろい戸《ど》を開けようとしたけれど、かぎがかかっていた。

サルはすっかり得意《とくい》になって、いつものように自慢《じまん》しはじめた。「おれさまの魔法《まほう》は強いから、殺《ころ》すことはできん。前にもおれを世界一熱《あつ》いかまどで生きたまま焼《や》こうとしたやつがいたが、毛一本こがせなかった」

「ばかなサルめ」わたしはよろい戸のかぎを開けようとしたけれど、魔法がかけてあるらしく、びくともしなかった。わたしは頭を下《さ》げて、サルのようすをうかがった。

サルはうれしさのあまり、ぴょんぴょんおどりまわっていた。「竜《りゅう》なら世界じゅうの竜でもだませたかもしれんが、このサルさまをだますことはできん。ずっとからかってたのさ」

わたしは歯を食《く》いしばり、力いっぱいよろい戸をひっぱった。ちょうつがいのまわりのしっくいにひびが入りはじめ、かぎがギシギシいった。

「ほう？」老女の声が、急にわかくなった——宿屋の後家《ごけ》の声だった。「反対《はんたい》だと思うけれど？」

下を見ると、老女は上着《うわぎ》のポケットに手を入れ、青い小石を取りだしていた。シベットは石をなんに使うつもりなのだろう？　逃《に》げるのなら、霧《きり》の石を使うはずだ。が、そのとき、おそろしい考えがうかんだ。まさか青い小石で町をほろぼすつもりだろうか？　それほどまでに町をにくんでいるのだろうか？　そもそもわたしたちの海をぬすんだのも、そのためかもしれない。わたしはあらんかぎりの力でもって、よろい戸《ど》をひっぱりはじめた。

サルは、大げさな高い声で言った。「わが主人、老小子《ろうしょうし》の名において、おまえを町の人々、ならびに失《うしな》われた海の竜《りゅう》に対する罪《つみ》で逮捕《たいほ》する」そして、兵《へい》たちに命《めい》じて、シベットを逮捕しようとした。

「罪状《ざいじょう》を数えあげるのは、まだ早いわ」シベットはいどむように大声で笑《わら》った。

最後の力をふりしぼってわたしはよろい戸を窓《まど》わくから引きはがすと、わきに放《ほう》りなげた。そして、まさに下《した》わくに足をかけようとした瞬間《しゅんかん》、シベットが小石を放《ほう》りなげた。

石は上に向かって飛びながら、どんどん大きくなりはじめた。まずこぶしくらいの大きさになり、次に小さなカボチャくらいになった。サルは石に飛びつこうとしたけれど、バランスを失ったのと、不意《ふい》をつかれたせいで、かすっただけだった。石は弧《こ》をえがいて落ちはじめたが、そのころには馬車くらいの大きさまでふくらんでいた。そして地面にすさまじい音をたててぶつかると、塔《とう》全体がゆれた。チャリンチャリンという音が音楽のように鳴りひびいた。まるで、だれかが音楽に合わせて上等《じょうとう》な陶器《とうき》を割《わ》っているようだった。

するとき巨大《きょだい》な水の壁《かべ》が門をくぐって町に押《お》しよせてきた。サルはふりむくと、おどろきであんぐりと口を開けたまま、うしろに押し流され、あっという間《ま》に波の下に消えた。老女《ろうじょ》はおかしそうに大笑《おおわら》いしながら、押しよせてくる水を抱《だ》くように両手をかかげた。

「海をすべて解《と》き放《はな》つなんて」わたしは、あまりの大《だい》それた行為《こうい》にぼうぜんとして息をのんだ。

サルとおなじように、わたしもシベットは井戸《いど》に毒《どく》を入れるとか、そういったたぐいの悪事《あくじ》をたくらんでいると思っていた。まさか、自《みずか》ら石を破壊《はかい》するとは思わなかったのだ。あの石に海を封《ふう》じこめるために、かなりの魔力《まりょく》を注《そそ》ぎこんだはずだ。それを捨《す》てれば、自分の魔力をもそうとう失《うしな》うことになる。この町を心底《しんそこ》にくんでいるにちがいなかった。

「水がどんどん上《あ》がってくる」ソーンは言って、飛びのいた。冷たい海の水が窓《まど》わくをこえて押しよせてくる。そして水圧《すいあつ》に押されるように、とびらのまわりからも水がふきだしてきた。

わたしははっとして少年のほうをふりむいた。「つかまって……」

いきなり、波がわたしたちを窓から引きはがした。わたしは死《し》にもの狂《ぐる》いで前に出て、なんとかソーンのそでの端《はし》をつかんだ。が、そのとたん、とびらの大きな鉄のちょうつがいがかん高い音とともにはじけ飛んだ。重い木のとびらが前足にぶつかり、わたしは少年をはなしてしまった。

水がドオッとふきだし、わたしはうしろの壁《かべ》にたたきつけられた。

泡《あわ》と渦《うず》で、しばらくなにも見えなかった。それからようやく気づいて、わたしは頭を水面の下にもぐらせた。強い流れに引きこまれて、イスやたんすがぐるぐる回っている。まるでおかしな形の枯《か》れ葉《は》が風に舞《ま》っているようだ。それから、少年を見つけた。頬《ほお》をふくらませ、泳ごうとするように手足をばたばたさせている。でも、あの弱々《よわよわ》しい筋肉《きんにく》で、この洪水《こうずい》にさからえるわけがない。

塔《とう》の外にはシベットが、いちばん弱った状態《じょうたい》でいる。本当のすがたをしていないうえに、魔力《まりょく》もそう残されていないはずだ。

けれども、シベットをつかまえるためには、少年をおぼれるまま、見すてるほかない。あれだけのことをいっしょに乗りこえてきたあとで、それはできなかった。

わたしは後ろ足を思いきりけって、ぐっと体をひねると、前へ飛び出して前足で少年をすばやくつかんだ。そして後ろ足で水を掻《か》き、強い流れに逆《さか》らいながら、部屋《へや》の外の階段《かいだん》までいった。それからソーンを慎重《しんちょう》に引きよせ、えりをしっかりとくわえた。這《は》うように泳いで階段をあがり、次のおどり場までいくと、そこもすでに水にしずみかけていた。

少年が息をしているかわからなかったので、次のおどり場につくと、まず背中《せなか》をドンとたたい

た。すると、ソーンはゴボッとせきをした。少年をぬれた子ネコのようにぶらさげたまま、長い階段《かいだん》をかけあがって、塔《とう》のてっぺんへ出た。

塔の上は、ずぶぬれになった黄褐色《おうかっしょく》のサルたちであふれかえっていた。背《せ》は半メートルほどしかない。どうやら、人間のすがたでいるより便利《べんり》だと考えて変身したらしい。空にはさらに何百匹《びき》のものサルがいて、空へつづく目に見えない階段を上《あ》がっていくかのように、宙返《ちゅうがえ》りしながら飛んでいた。サルたちは、ぬれたイヌのようなにおいがした。

「通して」わたしはぬれたえりをくわえたまま、いらいらしてうなった。うじゃうじゃいるサルたちをけったり、はたいたりしながら、とうとう塔の累壁《るいへき》までたどりついた。

おそれていたよりも、ひどい状態《じょうたい》だった。海の水は谷をおおいつくしていた。わずかなサルたちが山と山のあいだに岩でダムをつくり、水をせきとめようとしている。町じゅうを見わたしても、水面に顔を出しているのは城門《じょうもん》のふたつの塔だけで、水位《すいい》はなおも上《あ》がりつづけていた。

「あれは？」ソーンは累壁に腹《はら》をつけて身を乗りだし、はるか下を指さした。

わたしは顔のあたりで宙返りしているサルをはらいのけて、へりから身を乗りだした。五メートルほど下の海のなかから、ぼんやりとしたかげがふたつ、もがきながらうかんでくる。と、老女《ろうじょ》のぬれた頭がうかびあがった。シベットは空に飛びたとうとしたけれど、サルがすかさず引きもどした。ふたりは水中ではげしくもみあったが、どちらも一歩もゆずらない。このままでは、何日でも取《と》っ組《く》み合っていそうだった。

サルも、おなじことを思ったにちがいない。いきなりシベットをはなすと、耳のうしろから長い針《はり》のようなものをぱっと出した。

「あのばかのせいで、霧《きり》の石のことを話すひまがなかった」わたしは急いでもとの大きさにもどった。

「どうするつもり？」ソーンが言った。

わたしは尾《お》でソーンを押《お》しのけた。

「海を救《すく》えないなら、せめて復讐《ふくしゅう》をとげる」冷たくはげしい怒《いか》りをみなぎらせ、わたしは累壁《るいへき》の上にのぼった。

下では、サルがすでに針を、両端《りょうたん》に金の輪《わ》のついた黒い鉄棒《てつぼう》に変えていた。この棒はどんな相手にとってもおそろしい武器《ぶき》となるが、霧の石を持っているものだけは別だ。シベットは、霧のようにとらえどころのない雲にすがたを変えることができるのだ。

翼《つばさ》をぴったりと体につけ、前足をふりかざすと、わたしは一族のときの声をあげて海へ向かって身をおどらせた。

しかし、わたしが飛びかかったまさにその瞬間《しゅんかん》、老女《ろうじょ》の体がすきとおりはじめた。太陽の光が体を通りぬけ、輪郭《りんかく》がちらちらと虹色《にじいろ》にきらめいた。

「だめー！」わたしは、どうしようもないくやしさにさけんだ。けんめいに翼《つばさ》を広げ、死《し》にもの狂《ぐる》いではばたいて、落下を止めようとした。翼の巻《ま》きおこした風で波しぶきが上《あ》がり、巨大《きょだい》な波紋《はもん》が広がった。

「もうつかまえられないわ」女は、子どものようにはしゃいでさけんだ。たったいま町全体を水にしずめたおそろしい魔女《まじょ》というより、かけっこに勝った村娘《むらむすめ》のようだった。

銀色の霧《きり》がリボンのように細い虹に包《つつ》まれ、すうっと立ちのぼった。長い髪《かみ》をうしろに垂《た》らした女のような形をしている。霧のなかでただひとつ、はっきりと形のあるものは、女の首にかかっている大きなたまご型《がた》の宝石《ほうせき》だった。あれこそ、猛獣使《もうじゅうつか》いの宝玉《ほうぎょく》、霧の石にちがいない。上着《うわぎ》の下にかくしていたのだ。

あの石さえうばえば、まだシベットをつかまえる可能性《かのうせい》はある。わたしは無謀《むぼう》にも飛びかかった。が、かぎづめは霧の石にわずかにとどかず、霧をすうっと裂《さ》いただけだった。巻《ま》きひげのような霧がひとすじ、まよいでたけれど、シベットは上昇《じょうしょう》しつづけ、宝石は手のとどかないところへいってしまった。霧はふたたび、シベットのおぼろな体にぴたりともどった。

シベットはどんどんスピードを増《ま》しながら、上《のぼ》っていく。わたしはこれまでにないほど強く、そして速く、翼《つばさ》をはばたかせた。シベットに追いつくまで、飛ぶ覚悟《かくご》だった。

ところが、下からサルがせきこみながらさけんだ。「助けてくれ」

するとたちまち、塔《とう》の上や空にいた小ザルたちが、いっせいに海めがけてつっこんできた。サルたちはまるで、なめらかな毛でおおわれた雨粒《あめつぶ》のように降《ふ》りそそいだけれど、あいにくシベットの霧《きり》の体は通りぬけ、まっすぐわたしにぶつかってきた。小ザルが小石のようにピシピシとあたり、そのたびにわたしは空中で立《た》ち往生《おうじょう》した。そしてとうとう、小ザルの大群《だいぐん》にとらえられ、転がるように落ちていった。そのままザッブーンと水しぶきをあげて海に落ちると、一気に水没《すいぼつ》した町までしずんだ。

ふたたび空に飛びあがったときには、シベットはすでに嘆《なげ》きの山のある北西に向かって、矢のように飛んでいた。わたしは全身の筋肉《きんにく》を使ってはばたいたけれど、カタツムリがカエルを追いぬこうとしているようなものだった。どうすることもできないまま、シベットが空のかなたに消えるのを見おくるしかなかった。

第十四章

　眼下《がんか》に広がる故郷《こきょう》の海は、あまりに美しく、心地《ここち》よさそうだった。太陽の光が海面にあたってくだけ、いく千もの小さな光の弓《ゆみ》となり、目に見えない射手《しゃしゅ》がこれを引いて矢を放《はな》った。そのひとつひとつが、わたしの魂《たましい》に突《つ》きささった。

　くだけた光の下に見える海は真っ青だった――これまでに見たどの空よりも青く、そして同時に、まったく生命が感じられなかった。小さな生き物たちが、海を緑色に見せるのだ。この海は死んでいた。わたしの心を痛《いた》めつけ、あざけるように、死んでいた。いっしょに夢《ゆめ》と希望《きぼう》も死んでしまったように思えた。

　キラキラとかがやく生命のない海の下で、町の鐘《かね》が鳴りはじめた。まるで絹《きぬ》で何重にもくるんだような、こもったにぶい音だった。鐘《かね》を鳴らしているのは人間の手ではない。幽霊《ゆうれい》のような海の流れだった。あたかも、しずんだ町が、自分たちとわたしの一族の死をいたんでいるかのようだった。

わたしはなにをなしとげただろう。なにもできなかった。海を取りもどすどころか、敵《てき》に一矢《いっし》をむくいることすらできなかったのだ。空全体が背《せ》にのしかかってきたようで、翼《つばさ》がひどく重く、ぎこちなく感じた。一族がわたしを追放《ついほう》したのは正しかったのだ。わたしのような、みじめなできそこないの竜《りゅう》を。

わたしは頭をもたげ、シベットが消えた空の一点を見つめた。自尊心《じそんしん》を失《うしな》いたくないのなら、シベットを追うしかない。

けれども、少年には言っておかなければならない。少年は、わたしが置いていったときのまま、塔《とう》の累壁《るいへき》の上に立っていた。水は一メートルほど下で止まっていたから、危険《きけん》はない。けれどもソーンは、やせこけたネズミのように、ずぶぬれになってふるえていた。

「すこしあたためてあげる。それからシベットの山へいくわ」わたしはぎこちなく累壁の石の上に下《お》りたち、少年を包《つつ》むように身を横たえた。

少年はわたしの背に腕《うで》をのせた。「だけど、生きて帰った竜はいないって言ってたじゃないか」

「あれだけの魔法《まほう》を使ったあとで、シベットも弱っているはずよ」わたしはたいしたことはないというように、肩《かた》をすくめた。

「でも、なにかほかの危険《きけん》があるかもしれないよ」少年は心配そうに言った。「どうしてこのままここにいちゃいけないの？」

「そりゃ、もとの住人をもどしてやらないとならないからな」水をしたたらせたサルが、ヒュッと宙返《ちゅうがえ》りしてこちらにきた。手にはまだ鉄棒《てつぼう》がにぎられていた。「まずどうやったらこの水をどけられるか考えないとな」

わたしはサルをなじろうとしたが、その前に少年が口を開いた。なにがなんでもシベットを追って山へいかなくてすむ方法を考えようとしているようだった。「老小子《ろうしょうし》だったら、きっと水をもとの場所へもどせるよ」

「ご主人様だったらできるかもしれん」サルはまるで目に見えないざぶとんにすわるかのように、空中に腰《こし》を下《お》ろした。「ただし、どこにいらっしゃるかわかればの話だ。このぶっそうな世のなかは、不正《ふせい》なおこないにあふれてる。いまこの瞬間《しゅんかん》に、ご主人様がどこにいらっしゃるか、わかりゃしない。おれはここで峡谷《きょうこく》の町を守ってろと言われただけだ。ご主人様がお見えになるか、新しい命令《めいれい》をくださるまで、待ってることになってたんだ」

サルがぶつぶつとなにか言うと、たちまち鉄棒《てつぼう》は針《はり》の大きさにちぢんだ。「〝はげ頭〟の大釜《おおがま》を手に入れたほうが手《て》っ取《と》り早《ばや》いな。どこにあるか知ってるか？」

「はげ頭ってだれ？」少年がたずねた。

「大王の娘《むすめ》と結婚《けっこん》しようとした怪物《かいぶつ》さ」

サルがてのひらを出すと、小ザルたちは下へ向かって渦《うず》を巻《ま》きはじめ、漏斗《じょうご》の形をした雲になった。回転はしだいに速くなり、やがて体がかすんで細い糸のようになった。わたしは、それが短い毛だということに気づいた。

「やつは魔法の大釜を使って海を蒸発《じょうはつ》させ、大王を降伏《こうふく》させたんだ」

「大王はわたしの叔父《おじ》よ」わたしは言った。「降伏するのと引きかえに、叔父ははげ頭から大釜を手に入れたはずよ」

「なるほど」サルはチラッとうしろを見て、尾《お》を毛がふたたびおおうのをしっかりと見とどけた。「魔法の鉄棒のときとおなじ手で、はげ頭の大釜を手に入れりゃいいってことだな」

わたしは鼻にしわをよせた。

「おまえが黄金の海の王をおどして、鉄棒をせしめたのは知っているわ」わたしはサルに向かってかぎづめを立て、左右にふった。「だけど大王は、黄金の海の王を相手にするようなわけにはいかない。大王は強大《きょうだい》な軍《ぐん》を持っている。魔法《まほう》を使うサルだって、かなわないようなね。たとえ突破《とっぱ》できたとしても、大釜《おおがま》は叔父《おじ》の宝物蔵《ほうもつぐら》のいちばん奥《おく》におさめられ、あらゆる魔法や魔物たちに守られているのよ」

サルはすっかり毛におおわれた尾《お》をぴくぴくさせた。「なら、竜《りゅう》の王国にしのびこみ、釜をぬすむだけのことよ」サルはまたこちらを向いて、胸《むね》をふくらませた。「夜空を翔《か》ける月よりもしずかにやりとげてみせるさ」

「それより、シマーを助けてシベットをつかまえてよ」少年が言った。「シベットなら、海をここからどかす魔法を知っているかもしれないよ」

サルははげしく首をふった。「たしかにこれだけの魔法を使って魔力が弱まっているかもしれんが、それでもシベットを追ってあの山に入るより、マムシの巣《す》に飛びこんだほうがましだ。だったら竜の王国に入れる可能性《かのうせい》のほうがはるかに高い」

「本当に？」少年は心配そうな顔をわたしに向けた。

「そうさ。そいつだってわかっているはずだ」サルはチラッとわたしを見た。「だけど竜ってやつらは、命よりも復讐《ふくしゅう》だのなんだのといったほうが大切なのさ」

「大王のところへいくまでに、いくつか町を通るでしょう？」わたしはかぎづめでソーンを指した。「仲間がいるところで下《お》ろしてやって」

「待って」ソーンは、わたしの皮膚《ひふ》をぴしゃりとひっぱたいた。「ぼくはまだシベットとのけりをつけていない」

わたしは首をひねってソーンを見た。「いい？　よく聞いて。たしかにわたしたちはふたりでちょっとした冒険《ぼうけん》をした。だけど、もう別々の道を歩むときがきたのよ。サルの言うことをみとめるのはいやだけれど、勝つ可能性《かのうせい》はあまりないわ」

「でも、猛獣使《もうじゅうつか》いと戦《たたか》ったときだって、塩でおおわれた海底《かいてい》に落ちたときだって、勝ち目はあったかい？」ソーンは一歩もゆずらずに言った。「自分だけはかしこいと思ってるんなら、大まちがいだ」

サルはひざに前足をのせた。

「おい、ぼうず」サルは、真剣《しんけん》なようすで言った。「忠実《ちゅうじつ》なのはけっこうなことだが、そいつといっしょにいくなんて正気《しょうき》の沙汰《さた》じゃない」

けれども、ソーンもわたしもサルを無視《むし》した。

「そんなことを言われたのは、はるかむかしだわ」わたしは言って、それからそっとつけくわえた。「それに、そんなに本気で言われたのは、もっと前でしょうね」

わたしは、考えこみながらゆっくりと、かぎづめで累壁《るいへき》の石をたたいた。「むかしよく歌っていた心地《ここち》よい歌を聞いているよう――自分もみんなも、とうにわすれたと思っていた歌を」

サルがすうっと飛んで、すぐ横にきた。サルは最初にソーンを、次にわたしを見た。「まさか本気でこの子を連《つ》れていくつもりかい？」

ソーンは、わたしのわき腹《ばら》をパンパンとたたいた。「ぼくたちはチームなんだ。シマーがみとめるかは知らないけどね」

「まあ、チームかどうかはわからないけれど」わたしは鼻を鳴らした。「でも、おまえはたまには役に立つわ」

「最初に塔《とう》に入ったとき、ひょうたんと食料の袋《ふくろ》を置いちゃった」ソーンはすまなそうに言った。「きっと、もうないね」

わたしはさっとソーンを持ちあげて、首のうしろの指定席《していせき》にすわらせた。「なら次の食事は、シベットの台所で」

リルは大きなため息をついた。「ふたりの英雄《えいゆう》に手を貸《か》そう」

サルはうしろに手をのばして、尾《お》から一本毛を引きぬいた。「この毛に〝変身〟と言えば、鎖《くさり》になる。おれすら引《ひ》きちぎることができない、がんじょうな鎖《くさり》だ」

サルがさっと投げあげると、その毛はソーンの指にはまり、たちまちくるりと巻《ま》いて指輪《ゆびわ》になった。「これならシベットをつかまえることができる。ただし、先にあの霧《きり》の石をうばわなければならないけどな」

「この毛を返すことができるといいのだけど」わたしは礼儀《れいぎ》正《ただ》しく言った。けれども内心、サルは竜《りゅう》のもっとも暗い地下牢《ちかろう》にいきつくはめになるだろうと思っていた。

ところが、サルは〝疑《うたが》う〟ということばを知らないようだった。

「もしおまえさんが返せなかったら、おれが取りにいくさ」サルはトラの毛皮の水をしぼりはじめた。「その毛は、それがはまっている指よりもはるかにじょうぶなんだ」

わたしはしぶしぶサルにほほえんだ。「ともかく次に会うときは、もうすこしましな、それからかわいた歓迎《かんげい》を期待《きたい》してるわ」

そしてピシッと尾《お》を鳴らし、さっと翼《つばさ》を広げると、嘆《なげ》きの山めざして大空に舞《ま》いあがった。

第十五章

月が真新《まあたら》しい銀貨《ぎんか》のようにキラキラとかがやくなか、わたしたちは山脈《さんみゃく》の上空を飛びつづけた。飛びながら、わたしはゆっくりと考えをめぐらせた。どんなことをしてもシベットのところへたどりつくと、口で言うのは簡単《かんたん》だ。けれど、実行《じっこう》するのはむずかしい。かといってサルのように、頭よりも舌《した》を使って戦うようなまねもしたくなかった。

わたしは針路《しんろ》を北東に取り、別の山脈の上を通ることにした。前方《ぜんぽう》に山々の黒いかげがつらなり、そのむこうの地平線《ちへいせん》上に、失《うしな》われた海が長く白い線となってかがやきはじめた。

すると、下のほうでなにかがキラリと光った。体をかたむけ、大きく円をえがいてもどると、やはりガラスのかけらのように、なにかがきらめいていた。

「なんだろう？」ソーンが聞いた。

「池だと思うわ。たぶんね。先へいく前に、水を飲みましょう」

池は岩のくぼみにあって、長さは四メートル、深さはいちばん深いところでも一メートルほどしかなかった。北側《きたがわ》には、よどんだ水を囲《かこ》むように、ひょろっとした黒っぽいアシが群生《ぐんせい》していた。

時間をかけてたっぷりと水を飲むと、わたしは水ぎわに生《は》えていたアシの茎《くき》にさわってみた。

「たいまつに使えそうだわ。シベットの魔法《まほう》の紙切れたちと戦《たたか》うのに、いい武器《ぶき》になる」

わたしはアシを引きぬこうとしたけれど、茎がすべってかぎづめをすりぬけた。「包丁《ほうちょう》を持ってきて」

わたしの指示《しじ》にしたがって、ソーンはそこに生えていたアシをすべて集め、そのうち数本を裂《さ》いて長《なが》く細いひもをつくった。それを使って残りのアシを結び、十二の束《たば》にした。少年の服を使って即席《そくせき》でつくった袋《ふくろ》にたいまつを入れると、わたしたちはふたたび飛びたった。

失《うしな》われた海のはずれまできたときには、太陽は昇《のぼ》りはじめていた。けれども、今回は飛んでいるので、なんの苦《く》もなく海をわたり、昼前には、海の北側へたどりついていた。岩だながが重なるようにそびえたち、てっぺんは広々《ひろびろ》とした台地になっている。その中央《ちゅうおう》に、千メートルほどの高さの完ぺきな円すい形をした黒い山がそびえていた。

「あれがシベットの住みかよ」わたしは言った。

わたしは下降《かこう》しはじめた。気流《きりゅう》の弱いところまでくると、体をゆっくりとかたむけ、らせんをえがきながらさらに下降した。それにつれ、山がますます高く、のしかかるように、そのぶきみなすがたをあらわした。

台地のいたるところに、奇妙《きみょう》な白いかたまりが点々《てんてん》と転がっていた。さらに低いところまで下《お》りてはじめて、それが野《の》ざらしになった白骨《はっこつ》だとわかった。背骨《せぼね》やあばら骨が、ちぎれた首かざりのように散《ち》らばっている。そして、ここかしこに、矢《や》じりのように細くとがった頭蓋骨《ずがいこつ》がごろごろしていた。

「どういうこと？」ソーンはおそれおののいて言った。

「シベットをつかまえようとした竜《りゅう》たちの骨よ」わたしはそっと着地《ちゃくち》した。「家のかざりつけの趣味《しゅみ》はあまりいいとは言えないわね」

少年がわたしの首からすべりおり、わたしたちはふたりしてそろそろと門のほうへ歩きだした。門はヒスイのような半透明《はんとうめい》の石でできていて、すべてをむさぼり食《く》おうとするような、巨大《きょだい》な獣《けもの》のすがたが彫《ほ》られていた。口は雄牛《おうし》をまるのみできるほど大きく、巨大な目にはいくつもの切子《きりこ》面《めん》がきざまれ、一方牙《きば》のある飢《う》えた口の両脇《りょうわき》には、羽毛《うもう》が生《は》え、頬《ほお》をおおっていた。

　近づくと、羽毛や、唇《くちびる》や、牙までが、かわるがわるに鳥とヘビの形に彫《ほ》られているのがわかった。鳥はおそいかかろうとし、ヘビはとぐろを巻《ま》いて、たがいに相手をのみこもうとしている。目にきざまれた面も、よく見れば飢えた悪霊《あくりょう》の顔で、ひとつひとつがちがっている。緑色の石自体、一面に赤い縞《しま》が走り、怪物《かいぶつ》をまるで本物の肉でできているように見せていた。

「生きてるみたいだ」ソーンがぼそっとつぶやいた。

「そうだったのかもしれない」わたしは、ソーンの肩《かた》にかけた袋《ふくろ》からたいまつをひとつ取りだした。「小さいころ、よくここまで遊びにきたわ。だけど、どうやらここも〝改築《かいちく》〟したようね」

　ソーンがたいまつに火をつけ、わたしたちは門をくぐってなかへ入っていった。くぐるとき、門がちらりとこちらを見たような気がした。そして、まるで山が大きなうめき声をあげたかのように、さあっと風が吹《ふ》いた。眠《ねむ》っていたものがとうとう目をさましたように。

　わたしたちはせまいトンネルのなかに入っていった。くねくねと三十メートルほど下《くだ》ると、突《とつ》然《ぜん》らせん状《じょう》に急上昇《きゅうじょうしょう》し、次に左に曲がって、ふたたびぐるぐるとらせんをえがきながら下降《かこう》した。トンネルは左右に曲がり、やがてわたしはどれだけ曲がったかわからなくなった。シベットは山の外側《そとがわ》だけでなく、内側にもだいぶ手を加《くわ》えたようだった。

三番目のたいまつも燃《も》えつきそうになったとき、最初の洞窟《どうくつ》についた。直径《ちょっけい》は五十メートル近く、高さも十五メートルほどある。天井《てんじょう》から鍾乳石《しょうにゅうせき》が、床《ゆか》からは石筍《せきじゅん》がにょきにょきとのびていた。

わたしは足もとの石筍をけった。「山からじわじわとしみだしてくる水のミネラル分で、できているの」わたしは説明した。「この山のなかのどこかに、祖父《そふ》が自分の弟を閉《と》じこめたと言われているわ」

「どうしてそんなことになったの？」ソーンはすぐそばの石筍をつついた。

「まだ世界がわかかったころ、邪《よこしま》な魔物《まもの》どもが結託《けったく》して、世界を自分たちのものにしようとしたの。けれど、その前に五賢人《ごけんじん》が立ちふさがった。蛇《くちなわ》の女神《めがみ》、射手《しゃしゅ》、花の帝《みかど》、一角獣《いっかくじゅう》、それからわたしの曽祖父《そうそふ》よ」

わたしは歴史《れきし》の重さを感じて、まわりを見まわした。

「命がけの戦《たたか》いだった。一時《いちじ》は、竜《りゅう》たちも自分の王国を追われ、海底《かいてい》の山のなかに逃《に》げこんだほどよ。大叔父《おおおじ》は、敵《てき》の軍隊《ぐんたい》が砦《とりで》に入るのをゆるしてしまった。曽祖父は、ほかの賢人たちを逃がすために命を落とした」

わたしは、石の柱についていた水滴《すいてき》にふれた。

「そのあと、祖父《そふ》は竜《りゅう》たちを勝利に導《みちび》き、弟をつかまえた。ある日ふたりはすがたを消し、祖父だけがもどってきた。なにがあったか知るものはいない。けれど、祖父は大叔父《おおおじ》をこの山のどこかに閉じこめたらしい。この水は大叔父の涙《なみだ》だと言われているわ」

ソーンは身ぶるいした。「どうなんだろう。だけどこの石は、歯がならんでいるみたいに見えるね」

ソーンに新しいたいまつをつけるよう言わなければならなかったけれど、わたしはすっかり思い出にひたっていた。

「わたしたちはここを玉座《ぎょくざ》の間《ま》と呼《よ》んでいたわ」わたしのささやく声は、まわりの壁《かべ》にぶきみにこだました。

ソーンは、すぐそばの壁にたいまつを近づけた。石の表面《ひょうめん》は、ひだのついた帳《とばり》のようにゆったりとした波もようになっていた。洞窟《どうくつ》のまんなかに向かって歩いていくと、ソーンが石の壁の一部を指さした。旗《はた》か織《お》り物《もの》が、風にたなびいているように見えたのだろう。

洞窟をわたりきって足を止めると、二メートルほどある、ずんぐりとしたピラミッド型《がた》の石筍《せきじゅん》があった。片側《かたがわ》がくずれているせいで、本当に玉座のように見えた。わたしはその奇妙《きみょう》な形の石をあごで示《しめ》した。

「むかし、兄やいとこたちとかわりばんこにあのイスにすわったものよ」わたしは顔をしかめた。「そう、でもほとんど兄がひとりじめしていた。もう王のようなものだからとか言っていたわ」

「だけどお兄さんは……」

ソーンのことばは、暗《くら》やみからひびいてきたうなり声でかき消された。おどろいたソーンの手からたいまつが落ちた。たいまつが新しければ、燃《も》えつづけただろう。けれど、このたいまつはほとんど燃えつきていたので、パチパチと音をたてて消えた。たちまち洞窟《どうくつ》はやみにしずんだ。うなり声は次々と反響《はんきょう》し、まるで何百匹《びき》の獣《けもの》に取りかこまれているようにひびきわたった。

「ごめんなさい……」ソーンは言いかけたが、わたしは手さぐりでソーンの肩《かた》をつかんだ。たしかに失態《しったい》かもしれないけれど、ソーンをしかっているひまはない。「だいじょうぶ。新しいたいまつに火をつけて」

ソーンがごそごそと袋《ふくろ》をさぐって火《ひ》打石《うちいし》と包丁《ほうちょう》をさがしているあいだ、わたしはたいまつの袋から新しいものを取りだした。うなり声はどんどん近づいてくる。ソーンは必死で、カチンカチンと狂《くる》ったような音を鳴りひびかせて石を打った。ぱっと火花が散《ち》るたび、わたしはそこにたいまつを近づけようとした。ソーンは無我夢中《むがむちゅう》で火打石を打ちつづけた。とうとう目もくらむような光があたりをてらし、たいまつに火がついた。その瞬間《しゅんかん》、五メートルもはなれていないところに、地面にぴったりと身を伏《ふ》せた巨大《きょだい》なトラの体がうかびあがった。

ヒッと息をのんで、ソーンは火打石《ひうちいし》と包丁《ほうちょう》を落とした。

「おちついて」わたしはぴしゃりと言うと、ソーンの手にたいまつをにぎらせた。「これが一番の武器《ぶき》になる」

トラは身をかがめて、光をこわがるように歯をむいてうなった。すると、それに答えるように、うしろからもうなり声が聞こえた。ふりかえると、石の柱のあいだに二頭目のトラがふみだすのが見え、さらに三頭目があらわれた。

「最初のやつから目をはなさないで」わたしは少年に言うと、袋《ふくろ》からもう一本たいまつを取りだした。

わたしがたいまつを向けると、玉座《ぎょくざ》の横にいたトラがさっとしっぽをふって、体を固くした。たいまつはたちまち燃《も》えあがった。

「だけどどうして……」少年は言いかけた。その目はトラでなく、わたしに向けられていた。

その瞬間をのがさず、トラが飛びかかった。

「あぶない！」わたしはさけんだ。トラの体が宙《ちゅう》で弧《こ》をえがき、がっしりとした前足がさっとのびた。咆哮《ほうこう》が耳をつんざいた。

一瞬《いっしゅん》、トラのすがたが大きくうかびあがった。残忍《ざんにん》な牙《きば》をむき、かぎづめで死の一撃《いちげき》をくわえようとしている。わたしはたいまつでその足を打った。次の瞬間、トラのすがたは消え、大きな黒い紙が炎《ほのお》を上《あ》げながら、ひらひらと岩の床《ゆか》に落ちていった。ネコのような尾《お》と後ろ足の輪郭《りんかく》だけが、わずかに残されていた。

「どうすればいいかわかったわね」わたしは、うしろの二頭のトラのほうを向きなおった。トラはまさに飛びかかろうとしていたが、わたしがふりむいたのを見て一瞬ひるみ、うしろへひいた。

「本物なの?」少年はたずねた。

「あのかぎづめにおそわれれば、すぐにわかる」わたしは、燃《も》えたトラの灰《はい》がただよっていくのを満足《まんぞく》げに見つめた。「幻影《げんえい》などではないわ。火だけがほろぼすことができる」

いきなり一頭がくるりときびすを返し、立ちならぶ石筍《せきじゅん》のうしろに消えた。前足がビロードで包《つつ》まれた槌《つち》のように石をふんだ。

わたしはソーンをちらりと見やり、前を見ているのをたしかめた。ソーンはゆっくりと頭をまわし、いそいで火打石《ひうちいし》と包丁《ほうちょう》をすくいあげると帯《おび》のなかに押《お》しこんだ。

「殺《ころ》したの?」ソーンは聞いた。

「そもそも、生きていたとはいえないわ」わたしは油断《ゆだん》なくまわりを見まわし、三番目のトラのほうを向いた。「むしろ、シベットの魂《たましい》のかけらをあたえられていたというべきね。つまり、それを失《うしな》ったいま、シベットはさらに弱くなっているはず」

わたしは洞窟《どうくつ》のなかをぐるりと見まわしたけれど、二番目のトラのすがたはなかった。十メートルほど先に、楕円形《だえんけい》のトンネルの口が見えた。幅《はば》は一メートルほどしかないが、高さは二メートルはありそうだ。あれなら、少年を背に乗《せ》せて入ることができる。さらに、トラたちは一方からしかおそってこられなくなる。

「背中に乗って」わたしは説明した。「うしろを見張《みは》るのよ。あのトンネルめがけて走るから、わたしが言ったら、頭を下《さ》げて」

「わかった」ソーンは緊張《きんちょう》して言った。

わたしは石の上にしゃがみ、首をしきりに動かしてトラをさがした。それでも、少年が背にまたがるあいだ、すべてをくまなく見ることはできなかった。

「あぶない！」少年の声がひびき、ふりむいた瞬間《しゅんかん》、玉座《ぎょくざ》のむこうからトラがおどりかかった。

少年はやみくもにたいまつを突《つ》きだしたが、わたしのほうが早かった。次の瞬間、わたしのたいまつが魔物《まもの》にふれた。と、たちまちぱっと炎《ほのお》が上《あ》がり、トラは消えた。

突然《とつぜん》、背中をかぎづめで引きさかれた。最後の一頭が、機《き》をのがさずうしろからおそいかかったのだ。首をぐるりとまわすと、トラが腰《こし》にしがみついて、少年に切りつけようと前足をのばすのが見えた。少年がやみくもにふりまわしたたいまつが、その足にふれた。トラはうなり声をあげたが、たちまち燃《も》えさかる紙《かみ》に変わった。

「よくやったわ」わたしは自分のたいまつを吹《ふ》き消すと、袋《ふくろ》にしまうよう、誇《ほこ》らしげに少年にわたした。「ようやくまともな戦士《せんし》になってきたわね」

「きみにそんなふうに言ってもらえるとはね」ソーンはけっこううれしそうだったけれど、すぐに心配そうな声に変わった。「血が出てるよ」

「傷《きず》はそんなに深くないと思うわ」わたしは言って、ソーンが飛びおりるとさっと傷口をなめた。

「手あてをしなくていいの？」ソーンはまだ心配そうだった。

「遅《おそ》くなれば、それだけシベットに時間をあたえることになる。またすてきなプレゼントを用意していただくはめになるわ」わたしはきっと前を見すえ、足を引きずって歩きはじめた。

第十六章

やがてトンネルは階段《かいだん》になり、四十段上《のぼ》ると巨大《きょだい》な洞窟《どうくつ》に出た。天井《てんじょう》も、反対側《はんたいがわ》の壁《かべ》も見えない。背《せ》の高い円すい形の石が立ちならび、石どうしがとけあうようにくっついて柱になっているところもあった。

広い谷が洞穴《ほらあな》をふたつに分けていた。両岸をつないでいるのは、石の高いアーチ形の橋だけだ。それもおそろしく細いので、石というより、白っぽいオレンジ色のガラスのように見えた。

ソーンはおそるおそる足でさわってみた。「しっかりしているみたいだけど」

「むかし遊んでいたころは、だいじょうぶだったわ」わたしは、少年の背中を押《お》した。「いくわよ」

一歩一歩慎重《しんちょう》に歩いてほとんどまんなかへきたとき、背《せ》すじのこおるような石弓《いしゆみ》の弦《つる》の音がひびきわたった。

「伏《ふ》せて」

わたしは、片方《かたほう》の足でソーンを押《お》したおした。次の瞬間《しゅんかん》、太矢《ふとや》のするどい先が左肩《ひだりかた》に突《つ》きささったのを感じた。わたしは痛《いた》みに目をしばたたき、足をふみはずした。押されたひょうしに、ソーンはたいまつをはなしてしまった。そのたいまつといっしょに、谷へ落ちるわたしの上に、まだ新しいたいまつがバラバラと降《ふ》ってきた。ソーンの袋《ふくろ》から落ちたにちがいない。

わたしは痛みをこらえて翼《つばさ》を広げ、体をかたむけた。谷の片側《かたがわ》の崖《がけ》に鼻の先がかすった。必死で足をのばすと、かぎづめが岩をとらえた。わたしはそこにしがみついて、息をととのえた。

赤々《あかあか》と燃《も》えるたいまつの小さな光の輪《わ》が、ゆっくりと谷底《たにぞこ》に転がり落ちていった。

岩にしがみついていると、谷の上から少年の呼《よ》ぶ声が聞こえてきた。「シマー、だいじょうぶ？」

わたしはだいじょうぶだとさけぼうとして、はっとした。しばらくこのままわたしが死んだと思わせていたほうがいい。そうすれば、敵《てき》をおびきだすことができるかもしれない。射手《しゃしゅ》は、次はすぐソーンをねらうはずだ。返事をしないのは残酷《ざんこく》だし、少年をおとりにするのはもっとひどいことだとわかっていた。けれども、少年をあぶない目にあわせはしない。そう決意《けつい》するとわたしは岩をはなれ、音をたてないようにゆっくりとはばたきながら、上へあがっていった。

少年は何度もわたしの名を呼《よ》んだ。そのたびに、声は高く、不安《ふあん》そうになっていった。それでも、わたしは答えなかった。最後にわたしを呼ぼうとした声は声にならず、少年はすすり泣《な》きはじめた。まるでわたしの死を悲しんでいるように。

わたしはおどろいた。この世《よ》に、わたしが生きていようが死んでいようが、気にかけてくれるものがいるとは思っていなかったから。あやうく返事をしかけたとき、ずるっ、ずるっ、となにかがすれるような音がした。わたしはあわてて口をつぐんだ。だれかが腹《はら》ばいになって動いているような音だ。少年だろう。

少年が、石のアーチの上を這《は》ってもどっているにちがいない。そこでわたしは、谷のもといた側《かわ》に顔を向け、足がかりになる岩をさぐりながら登っていった。それからハエのように用心ぶかく進んで、谷から脱出《だっしゅつ》した。なんとか石筍《せきじゅん》のあいだにすべりこんだとき、谷の反対側《はんたいがわ》に光があらわれた。

どうしてあそこに光があるのだろう。わたしはふしぎに思った。すると、たいまつを持った小さな手がぱっとうかびあがった。

「こっちへきて、つかまえてみろ」ソーンだった。緊張《きんちょう》で声がうわずっていなければ、もうすこし挑戦的《ちょうせんてき》に聞こえただろう。ソーンは石筍《せきじゅん》に入ったひびにたいまつをぐっとさしこんだ。

石弓《いしゆみ》の弦《つる》がビュンと鳴り、重い太矢《ふとや》が石筍の左をかすって、かけらがはねとんだ。

「もう一度やってみろ」ソーンはあざけるように言った。声はさっきよりもしっかりとしていた。

わたしは目を閉《と》じて、ため息をついた。ソーンはわたしが考えていたようにこちら側《がわ》へもどったのでなく、むこう側へわたっていたのだ。おそらくわたしの仇《かたき》を討《う》とうなどと、ばかなことを考えたのだろう。それだけの勇気《ゆうき》と忠誠心《ちゅうせいしん》を、谷のわたしのいる側で見せてくれていれば、おおいに感謝《かんしゃ》しただろう。でもこうなると、わたしはソーンを守るために、すがたをあらわして、谷を飛んでわたらなければならない。またもや太矢に射《い》られる危険《きけん》をおかさなければならないのだ。

「ほうら」ソーンは見えない敵《てき》をなじるように言った。「なにをぐずぐずしてるんだい？」

ゆっくりと弓の弦を引く音がした。敵は急ぐ必要はないのだ。けれども残念《ざんねん》ながら、こちらにはその余裕《よゆう》はなかった――もし少年の命を助けたければ。

けがをした肩《かた》になるべく体重をかけないようにして、わたしは石筍のあいだをすべるように進み、アーチをはさんで射手《しゃしゅ》と向きあうところまで動いた。柱の根もとに後ろ足をふんばってのぞくと、谷のむこう側《がわ》に、あいだが広く開いた二本の石筍《せきじゅん》があるのが見える。と、靴《くつ》が岩にこすれる音がした。とうとう射手《しゃしゅ》がソーンのほうへ近づきはじめたようだ。

ふだんならもっとうまく飛びたてるのだが、このときは使える足が三本で、四本ではなかった。ぶざまな体勢《たいせい》を立てなおすと、わたしはすばやくはばたいて、自然がつくりだした橋の曲線とならぶように飛んだ。それでも、体の大部分が射手にさらされていると思うと、気が気ではなかった。

石弓《いしゆみ》の弦《つる》が鳴った。思わず体がすくみそうになったけれど、必死でこらえた。飛ぶスピードを落としてはならない。落とせば死んでしまう。わたしはむこう側の崖《がけ》っぷちめがけて突《つ》っこんだ。太矢《ふとや》は橋のてっぺんにはねかえって、わずかにまぬがれた。

わたしはけがをした肩《かた》から落ち、思わず痛《いた》みにあえいだ。裂《さ》かれるような痛みが肩から体全体にかけぬけた。それでもよろよろしながら立ちあがると、体を引きずるようにして石の柱のかげにかくれた。

わたしは体を横たえると、ほっと深い息を吐《は》いた。石弓についた歯車がカチカチとゆっくり鳴り、弦が引かれた。そのぞっとするような不吉《ふきつ》な音は、わたしたちの最期《さいご》の瞬間《しゅんかん》がおとずれるのを秒読《びょうよ》みしているようだった。

「わたしよ」わたしはささやいた。「もう心配ないわ」

が、返ってきたのは、重苦《おもくる》しい沈黙《ちんもく》だけだった。

「ソーン？」わたしはそっと呼《よ》びかけたが、それでも返事はなかった。

「なんとか言って、ソーン」

心配のあまり声を低くすることすらできなかった。声は洞窟《どうくつ》じゅうに反響《はんきょう》し、わたしは不安《ふあん》な気持ちで返事を待った。しかし、答えはなかった。最悪の考えが頭をよぎった。敵《てき》はすでに少年を殺《ころ》してしまったのだろうか？　遅《おそ》すぎたの？　わたしはもうなにも考えずに石筍《せきじゅん》の迷路《めいろ》を縫《ぬ》うように走り、ソーンの居場所《いばしょ》を示《しめ》す光へ突進《とっしん》した。

「だいじょうぶなの、ソーン？」わたしは石筍のせまいすきまに首を突《つ》っこんだ。わたしはあぜんとした。たいまつが入ったソーンの袋《ふくろ》はあった――けれど、ソーンのすがたはなかった。

わたしは体をくねらせてすきまを通り、高い石柱《せきちゅう》に囲《かこ》まれたせまい楕円形《だえんけい》の場所に入りこんだ。少年がいないということが、まだ信じられなかった。わたしはあっけに取られて、少年がそこにかくれているとでもいうように袋を持ちあげてみた。

ソーンはひとりで射手《しゃしゅ》をたおしにいったのだ。わたしは首をふりながら、袋を下《お》ろした。もうあの子を見くびるのは、金輪際《こんりんざい》やめなければならない。

少年がひとりで戦《たたか》っているというのに、ここでのんびりすわっているわけにはいかない。わたしは決意《けつい》して、たいまつがさしてある石筍《せきじゅん》のかげから頭を出した。

ほんの数メートル先で石弓《いしゆみ》がビュンと鳴った。わたしはかろうじて頭をひっこめた。見るからにおそろしい太矢《ふとや》が、さっきまでわたしの頭があったところにぶすりと突《つ》きささった。と、次の瞬間《しゅんかん》、ソーンのときの声がひびいた。失《うしな》われた海の一族のものだ。わたしをまねたにちがいない。つづいて、ギャッという悲鳴《ひめい》が聞こえた。射手《しゃしゅ》だろうか、それともソーン？

「ソーン？」わたしは不安《ふあん》のあまり大声でさけんだ。急にひどくたよりない気持ちにおそわれた。まるで翼《つばさ》をもぎ取られ、谷にまっさかさまに落とされたような感じだった。

「ソーン？」それでも返事がないので、わたしは大声でさけんだ。「ソーン！」あたりはしんとしずまりかえっていた。

信じられなかった。母上《ははうえ》が亡《な》くなったあと、わたしは二度とあのようなはげしい悲しみに見まわれることがないよう、心によろいをまとったつもりでいた。けれど、いまふたたびあの悲しみがおそってきた。うずくようなむなしさに、はらわたをえぐられるようだ。失ったものにくらべれば、この世《よ》のものすべてが取るに足らないちっぽけなものに思えた。

そう、放浪《ほうろう》の生活がはじまってから、わたしはだれひとり近づけることなくすごしてきた。けれども、少年の明るさと勇気《ゆうき》にはひきつけられた。あのような明るさや勇気は、本来《ほんらい》なら体も年《ねん》齢《れい》も少年の三倍《ばい》はなければ持てないだろう。でも、いくら愛《あい》していても、いや、愛しているからこそ、最初の直感《ちょっかん》にしたがって、少年をサルのもとに置いてこなくてはいけなかったのだ。わたしの一瞬《いっしゅん》の弱さが、ソーンの命をうばってしまったのだ。

すぐそばで、なにかが岩にこすれた。もう少年を救《すく》うことはできない。けれど、せめて仇《かたき》を取ることはできるはずだ。わたしは一族のときの声をあげると、石筍《せきじゅん》のうしろからおどりでた。

そのとたん、おどろきと肩《かた》の痛《いた》みの両方のせいで、わたしは顔からばったりとたおれてしまった。まるで洞窟《どうくつ》の主《ぬし》のように石柱《せきちゅう》にもたれていたのは、ソーンだった。

「死んだと思ったんだぞ」ソーンの声には、怒《いか》りと、どうしたらいいのかわからない気持ちが入りまじっていた。

「射手《しゃしゅ》をだまそうと思ったのよ」わたしはばつが悪く思いながら、立ちあがった。「なにか包帯《ほうたい》になるものを持ってきてくれる？」

ソーンはたいまつの袋《ふくろ》を取って、中身を床《ゆか》にあけた。

「ぼくを的《まと》にしたんだ」ソーンは傷《きず》ついた顔をした。

わたしはすわって、たいまつを石筍からひっこぬいた。

「わたしのことを悪く言うけれど、結局《けっきょく》は立場《たちば》が逆転《ぎゃくてん》したってことをわすれないでほしいわ」わたしは肩《かた》に刺《さ》さった太矢《ふとや》にたいまつを近づけた。たちまち煙《けむり》がふきだして、矢は消えた。「実際《じっさい》おとりになったのはわたしだったんだから」傷口《きずぐち》から流れはじめた血を、わたしはなめとった。「きみがしゃべるから、もうすこしでだめになるところだった」ソーンは袋《ふくろ》を細く裂《さ》きはじめた。本当は、代わりにわたしの皮を引きさいてやりたいと思っているようだった。

わたしはたいまつを石筍《せきじゅん》の裂け目にもどした。「チームワークが完《かん》ぺきになるまでには時間がかかるのよ」

「チームワーク?」ソーンは布《ぬの》をギュッギュッとひっぱって、結びはじめた。「チームっていうのは、力のおなじものどうしのことだって言ってなかったっけ?」

わたしは慎重《しんちょう》にほめことばを選んだ。つけあがらせてはいけない。「そうよ。わたしといっしょにいたおかげで、おまえにも竜《りゅう》らしいところがうつってきたようね」

わたしがすわると、ソーンは肩の傷に包帯《ほうたい》を巻《ま》きはじめた。

「そう言われても、あんまりうれしい気はしないな」ソーンは包帯の端《はし》を結んだ。「ここ何日かで、竜の自尊心《じそんしん》の高さについては山ほど聞かされたけど、感謝《かんしゃ》の心についてはこれっぽっちだって聞かなかったからね」

ソーンは勇敢《ゆうかん》かもしれないけれど、それに負けないくらいしゃくにさわる。わたしは、ついさっき少年がいなくてどれだけつらかったかすっかりわすれて、さけんだ。「なにを言ったって満《まん》足《ぞく》しないんでしょう？　竜《りゅう》の王女たるものが……」

ソーンは吹《ふ》きだして、さっと手をふった。「きみの立派《りっぱ》な家柄《いえがら》についてはよく知ってるよ」

まだ怒《おこ》ってまくしたてようとしているわたしを放《ほう》ったまま、ソーンはたいまつをまとめてかかえた。「これでたいまつは足りるかな？」

わたしはすっくと立ちあがった。「すぐにわかるわ」

第十七章

わたしたちは、さらにトンネルや洞窟《どうくつ》をぬけていかなければならなかった。少年がなかなかよくがんばったのは、みとめなければならない。経験不足《けいけんぶそく》を勇気《ゆうき》でおぎなっていた。

貴重《きちょう》なたいまつのたくわえをあっという間《ま》に使いはたしてしまったのは、うかつだった。もっとも大きくみごとで、同時にもっとも危険《きけん》な洞窟についたときは、もう二本しか残っていなかった。けれども、シベットをとらえてしまえば、もうおそわれる心配もない。逆《ぎゃく》にとらえられなければ、それは即《そく》、わたしたちの死を意味する。ことは単純《たんじゅん》だった。

洞窟は円形で、直径《ちょっけい》は三五〇メートルほどあった。壁《かべ》は巨大《きょだい》なレースの織《お》り物《もの》のようなものでおおわれている。たいまつの明かりでてらすと、やわらかなばら色にかがやいた。

「なにでできているの？」ソーンは石のレース細工《ざいく》を見あげた。

この洞窟《どうくつ》のことなら、子どものころからよく知っていた。わたしも、まったくおなじ質問《しつもん》をした。だから、父上《ちちうえ》がしてくれたのとまったくおなじ説明を、今度はわたしがソーンにしてやった。

「ずっとむかし、ここでもいくらかの植物が育っていた。コケや地衣《ちい》のたぐいでしょうね」

わたしはほんの一瞬《いっしゅん》、美しいレースの織《お》り物《もの》に目をやった。それまでわたしの目は、ずっと洞窟のまんなかに注《そそ》がれていた。シベットがあらわれるのはそこだと確信《かくしん》していたのだ。

「水が岩壁《いわかべ》からじょじょにしみだし、そのなかの鉱分《こうぶん》が、生《は》えている植物の形そのままにくっついていった。やがて植物は枯《か》れ、形だけが残ったの」

ソーンの目が石のレースのもようをなぞった。「きれいだ」

わたしは、ソーンの袋《ふくろ》のひもをひっぱった。「いくわよ。遊びにきたわけじゃないんだから」

洞窟の中央《ちゅうおう》では、レースをまとった石筍《せきじゅん》と鍾乳石《しょうにゅうせき》がくっついて、根や枝《えだ》が複雑《ふくざつ》にからみあった石の森を形づくっていた。天井《てんじょう》から森のいたるところに垂《た》れた石のかたまりは、まるでシャンデリアか、繊細《せんさい》な渦巻《うずまき》もようのかざりをほどこしたランプのようだった。

森のはずれまで近づいたとき、剣《けん》を持った五人の女がバラバラと木から飛びおりてきた。地面に降《お》りたつと、女たちの髪《かみ》から一瞬《いっしゅん》、真っ黒い炎《ほのお》がほとばしり出た。それぞれ左手には巨大《きょだい》な短剣《たんけん》、右手にはムチをにぎっていた。

　ソーンはたいまつを突《つ》きだしたが、女たちはにやりと笑《わら》っただけだった。ひとりが右手をふりあげたかと思うと、ぱっと前へ出した。すると、たいまつにムチが巻《ま》きついた。ソーンがアッとさけび、たいまつがもぎとられた。たちまち炎《ほのお》がムチを伝《つた》い、女剣士《おんなけんし》に達《たっ》した。女は、たいまつが落ちるよりもはやく消えた。しかし、残りの四人がたいまつの前に立ちふさがった。

　一族のときの声をあげ、わたしは剣士たちに突進《とっしん》した。けれど、肩《かた》の痛《いた》みが動きをにぶらせた。三人の剣士がムチをふりあげ、するどい音とともに、皮ひもが左前足に巻きついた。けがをした肩のほうだった。わたしは抵抗《ていこう》したが、痛みはあまりにも大きかった。足が前にひっぱられ、わたしは顔からドオッとたおれた。すると五人目の女剣士はムチを捨《す》て、両手で短剣をふりかざした。

　女が向かってくるのを見て、わたしはもうおしまいだと思った。なすすべもなく胸《むね》を岩に押《お》しつけ、首は切り落としてくれといわんばかりにのびている。ソーンのことなど考えもしなかったが、それは女もおなじだった。

　そのとき、ソーンの包丁《ほうちょう》がくるくると回りながら飛んできた。台所包丁はこうした使われかたをするようにできていないから、女が頭をひっこめるだけの時間はあった。が、それは貴重《きちょう》な数《すう》秒《びょう》をわたしにもたらした。

わたしは長い首をひねって女の足をつかむと、ぱっとほかの三人のほうへ放《ほう》りなげた。四人は折《お》り重なるようにたいまつの上にたおれこんだ。たちまち炎《ほのお》が上《あ》がり、女たちはめらめらと燃《も》える紙の切りぬきと化《か》した。

わたしはむすっとして立ちあがった。「今度こそ本当におまえに命を救《すく》われたようだわ」

ソーンは走っていって、たいまつを拾った。「まるでぼくが悪いことをしたみたいな言いかただね」

「ある種族《しゅぞく》にとっては、そうとも言えるのよ」

紙の剣士《けんし》が燃《も》えつきると、足に巻《ま》きついていたムチも消えた。わたしはよろめきながら立ちあがった。

「いままで、他人に愛想《あいそ》をふりまくことにはあまり興味《きょうみ》はなかったのだけど……」

「なら、ちっとも変わっちゃいないよ」少年は肩《かた》をすくめた。

わたしはぐるりと頭をまわし、少年をにらみつけた。「わたしのやりかたで、お礼を言わせてちょうだい」

少年の目に、からかうような表《ひょう》情《じょう》がうかんだ。「へえ、お礼を言ってるつもりだったの？

そう言ってくれてよかったよ。でなきゃ、わからなかった」

わたしは少年に向かってかぎづめをふりかざした。「そんなに不愉快《ふゆかい》な態度《たいど》を取るとわかっていたら、命を助けてもらったりしなかったわ」

ソーンは、横柄《おうへい》なしぐさでおじぎをした。「申《もう》しわけございませんでした。次は、きみの首が切られそうになっていても、ほっとくことにするよ」

あまりにもばかばかしかったので、どうでもよくなってしまった。ソーンは、わたしの威厳《いげん》をかたなしにするこつを心得《こころえ》ていた。

「まあ、いいわ」わたしは鼻にしわをよせた。「そこまですることないわよ」

わたしたちは最後からふたつ目のたいまつに火をつけると、石の森のなかへ入っていった。木の根を乗りこえ、枝《えだ》をくぐりながら、のろのろ進んでいくと、突然《とつぜん》、空《あ》き地《ち》に出た。そこには、池が七つあった。

六つの池が輪《わ》のように、一つの池を取りかこんでいた。それぞれ幅《はば》五メートル、深さは二メートルほどある。水面に落ちる水滴《すいてき》が、ポツン、ポツンと、やわらかい流れるような音楽をかなでていた。そのなかのひとつにソーンがたいまつを近づけると、底《そこ》に白と黄色の水晶《すいしょう》ができているのが見えた。びっしりとかたまっているので、花のように見える。細長いとげがついたものは、キクの花を思わせた。

ソーンは、吸《す》いよせられるように池を見つめた。「あそこに飛びこみたい」

たしかに暑くて、ほこりっぽかった。「そうね――でも、こういう場所では、用心しないと」

まんなかの池は、ひとまわり大きかった。幅《はば》は十メートルほどで、深さも四メートルはある。

けれどいまは、水はすくなくなっていて、まんなかから金色の花におおわれた石筍《せきじゅん》がのびていた。花はやわらかな光を発《はっ》していた。

わたしは用心しながら、池の左側《ひだりがわ》からぬっと突《つ》きでたオレンジ色の石柱《せきちゅう》のほうへいった。柱のでっぱりに、小さなかなづちが皮ひもで下《さ》げてあった。

「よく見張《みは》っているのよ」わたしはソーンに言うと、後ろ足で立ちあがって池のふちからのりだし、けがをしていないほうの足で柱をたたいた。

柱は、低い音を鳴りひびかせた。地中深く埋《う》められた鐘《かね》の音《ね》を思わせた。けれど、あまりに低く、深いので、うめき声にも似《に》ていた。

池の中心あたりの空気がゆらゆらとゆらめきはじめ、やがて小さな緑色の光がポッンとあらわれた。光はさざなみをたてながら広がって、池のふちまで達《たっ》した。わたしはさっと体を引いて、シベットの次なる攻撃《こうげき》にそなえた。

ふたつ目の波紋《はもん》が広がり、さらに三つ目がつづいた。池は、太古《たいこ》の森の大木《たいぼく》が落とすかげを思わせる、くすんだ深緑の光であふれた。はるかかなたから、やわらかいサラサラという音が聞こえてきた。刻一刻《こくいっこく》と大きくなっていく。それとともに緑の光がわきたち、いくつもの小さな渦《うず》を巻《ま》いて、まわりの石の木々に奇妙《きみょう》なかげがめまぐるしくおどった。

するると、池のなかから十六才くらいのきゃしゃな少女がゆっくりと上《あ》がってきた。緑色に光る水面に立った少女のすがたを見て、わたしは意表《いひょう》をつかれて目をしばたたいた。少女の服は、もう人間たちの世界では何千年も着られていないようなものだった。ただし、粗末《そまつ》な木綿《もめん》ではなく、高価《こうか》な絹《きぬ》でつくられている。ひだのついた短い上着《うわぎ》をはおっていて、その茶色いろう染《ぞ》めの柄《がら》は、ジャコウのかおりを放《はな》つと言われるシベットネコのもようを思わせた。上着とよく合う長いすそを引いたドレスを見て、さっき聞こえたやわらかなサラサラという音はドレスのすそが石にすれる音だったのだと気づいた。頭には、豪華《ごうか》な金の布《ぬの》のターバンが巻《ま》かれていた。

おまけに少女は、まるで小さな宝箱《たからばこ》をひっくりかえして、ありったけの金やヒスイや宝石《ほうせき》を身につけてきたかのようだった。耳かざりのほかにも、指という指に指輪《ゆびわ》をはめ、腕《うで》かざりにブローチ、それから重たそうな首かざりまでさげている。それだけの宝石のなかから、わたしは、細い金の鎖《くさり》につけて首にかけてある霧《きり》の石を見つけだした。つまり、この少女がシベットなのだ。

おそらくシベットは、わたしたちを圧倒《あっとう》するつもりだったのだろう。けれど、彼女《かのじょ》の衣装《いしょう》は、派手《はで》でけばけばしい印象《いんしょう》をあたえただけだった。まるで母親のいちばんいい服を借《か》りて、ままごとで女主人役をしている子どものようだった。

実際《じっさい》に話しはじめると、ますますその感じが強くなった。シベットの声は、子どものようにかん高く、どんなに堂々《どうどう》としゃべろうとしても、むだだった。

「わたしを呼《よ》びだそうなどというふとどきものはだれ？」シベットは言った。

わたしは怪物《かいぶつ》や兵士《へいし》たちと戦《たたか》う覚悟《かくご》で、身をかがめた。「呼びだされるようなことはたくさんしてきたはず」

「そちらもね」シベットは片手《かたて》でドレスのわきをつかみ、優雅《ゆうが》にすそをはらった。「水と地の力によって、これを受けよ」

たちまちむこう側《がわ》の三つの池から水がふきあがり、生きたミミズのようにシベットの頭をこえて、わたしたちにドオッと降《ふ》りそそいだ。滝《たき》のような水圧《すいあつ》にわたしはなぎたおされ、あっというまに押《お》し流されて、石の木にたたきつけられた。わたしはぼうぜんとして、石の根のあいだであえいだ。

シベットはネコのようにしなやかに池のふちまで歩いてくると、さっと岸に飛びうつった。シ

ベットが命令《めいれい》を下《くだ》す声とともに、地面の岩からするすると石の根がのびてきて、ざらざらした触《しょく》手《しゅ》をわたしの足や体に巻《ま》きつかせた。そのうち一本は、さるぐつわのようにわたしの口を封《ふう》じた。わたしは目を閉《と》じ、筋肉《きんにく》という筋肉に力を入れてもがいたが、わたしの力を持ってしても、石のいましめをのがれることはできなかった。右のほうから、ソーンがやはり石の根からぬけだそうとうめいているのが聞こえた。

そのとき気づいた。体をちぢめるか、なにかヘビのようにすべりやすいものにすがたを変えようと思い、必死になってかぎづめで魔法《まほう》のしるしをえがいた。が、呪文《じゅもん》をとなえることができなければしるしに力をあたえることもできず、かぎづめはただ空《くう》をかくだけだった。

絹《きぬ》のドレスが岩にすれるやわらかな音がして、シベットがこちらに歩いてきた。

「もがいてもむだよ。もう逃《に》げられないわ」相撲《すもう》で相手を負かして得意《とくい》になっている子どものようだった。

希《き》望《ぼう》がすべて失《うしな》われたように感じた。わたしは失敗《しっぱい》した。ほかの竜《りゅう》たちとおなじだ。やがてわたしの骨《ほね》も、ほかの敗《やぶ》れた竜たちの骨の山に投げすてられるのだろう。

「こんなことはしたくないのよ。だけど、生きのこれるのはどちらかひとりだから」シベットはわたしがしっかりしばられているかたしかめた。「しょうがないとあきらめてちょうだいね」

答えようにも、石の根のあいだで身もだえすることしかできなかった。けれど、体のあちこちをひどくすりむいただけだった。

「わかったでしょう？　むだよ」シベットはわたしの胸《むね》に巻《ま》きついた根をたたいた。「魔法《まほう》を使わないと誓《ちか》いなさい。そうしたら、そのさるぐつわを取って、最後の食事をさせてあげるわ。ちょっとおしゃべりをしましょうよ。あなたを、その……始末《しまつ》する前に」シベットは気まずそうにほほえんだ。

残念《ざんねん》なことに、シベットはソーンの口は封《ふう》じていなかった。

「それで、だれが食事をつくるんだい？」ソーンが言った。

シベットはうしろを指そうとした。「もちろん、しもべたちが……」そして、いらだったように額《ひたい》をぬぐった。「ああ、いまいましい。あなたたちに全員やられてしまったんだっけ」

その瞬間《しゅんかん》、シベットは本当にまごついているように見えた――まるで舞台《ぶたい》の上で台本がちがうことに気づいた女優《じょゆう》のように。次に口を開いたときにも、どうしたらいいのかわからずいらいらしているのが、声にはっきり出ていた。「またつくる力をたくわえるには、しばらくかかるわ。水と石筍《せきじゅん》を動かすので、つかれはててしまった」

「本物の生きた召使《めしつかい》はどう？」ソーンは熱《ねつ》のこもった声で言った。「料理の火をこわがらない召使《めしつかい》だよ」

わたしは身をよじったが、さるぐつわがしっかりと頭を押《お》さえつけているので、少年のほうを見られなかった。そうよ、とわたしは苦々《にがにが》しい気持ちで自分に言い聞かせた。最初、少年がいっしょにくると言ったときにした約束《やくそく》なんて、このていどのものだったのだ。あのとき、少年はけっしてわたしの期待《きたい》にそむかない、と言った。長い旅のあいだに、わたしは本当にそのことばを信じはじめていた。けれどもいまになって、しょせん少年もほかの人間どもとおなじ、うそつきの裏切《うらぎ》りものだとわかったのだ。

シベットは片手《かたて》をあごにあてた。

「なるほどね。たしかに料理のときには、よく事故《じこ》が起きるのよ。火に近づきすぎたとたん、ボッ」シベットはそのことばを強《きょう》調《ちょう》するように手をぱっと出した。「煙《けむり》になってしまう」

「それに、紙の召使じゃ、あなたみたいにかしこい人の相手にはならないでしょ?」ソーンはおもねるように言った。

「そうね。たしかに話しじょうずとは言えなかったわ」シベットは悲しそうにふっと笑《わら》った。

「どんな魔法《まほう》を使っても、考える力をあたえることはできなかった」

ソーンはあたたかくやさしい声で言った。「勝利を祝《いわ》うのに、自分で自分の食事をつくるなんて！」

シベットはおもしろがって、ほつれた髪《かみ》をターバンの下に押《お》しこんだ。「それで、おまえが手伝《てつだ》ってくれようと言うわけね？」

ソーンは、商売人顔負けの声でうけあった。前の雇《やと》い主《ぬし》ノビーの口調《くちょう》そっくりだった。「前に働いていた宿では、しょっちゅう宴会《えんかい》があったんだ。だからどうすればいいかは、よくわかってる」

わたしはもがいて、うそだとさけぼうとしたけれど、さるぐつわのまわりから怒《おこ》ったようなうなり声がもれただけだった。シベットは、わたしのほうへあごをしゃくった。「どうやらおまえの前の雇い主は気に入らないようよ」

「別にあの人に推薦状《すいせんじょう》を書いてもらうつもりはないからさ」ソーンは言った。

シベットは考えこむように唇《くちびる》をかみしめた。「本当の仲間といえる人がいなくなって、どのくらいたつかしら」そして、はにかんだようにほほえんだ。「試《ため》してみるのもいいかもしれない」

シベットはさっと手で空《くう》を切って、なにやらぶつぶつとつぶやいた。するとたちまち、石の根がひっこんでいくような、ギイギイという耳ざわりな音がしはじめた。

それからすぐに、視界《しかい》にソーンのすがたがあらわれた。しびれた腕《うで》をさすりながら、ゆっくりと歩いてくる。

「さあて、台所はどこだい?」ソーンははりきって聞いた。

「あっちの奥《おく》よ」シベットは池のむこうの、洞窟《どうくつ》の奥の暗《くら》がりを指さした。それからその腕をぐるりと回して、人さし指をソーンに向けると、左右にふった。まるできびしいお姉さんといったようすだった。

「だけど、ひとつだけおぼえておいてちょうだい。チャンスは一回きりよ。なにかちょっとでもあやしいと思わせるようなことをしたら最後、後悔《こうかい》することになるからね」

少年はごくりとつばをのみこんだ。「あなたの敵《てき》のあつかいかたはわかってるつもりだ」

ソーンは向きを変えて、台所のほうへ歩きはじめた。足を引きずりながら横を通ったとき、尾《お》の先で転ばせてやろうとしたけれど、動かすことさえできなかった。

「裏切《うらぎ》りもの」わたしはさけんだけれど、くやしいことに、口をふさいでいる石の根のせいでうなり声にしかならなかった。

ソーンはぎくっとして、傷《きず》ついたような目でわたしを見た。けれども、別にかまいやしないというふうに大げさに肩《かた》をすくめてみせた。「死にたくないんだ」

わたしは、からみついた根のなかでもがいた。

「信じていたのに」しかしそれもまた、もごもごという声にしかならなかった。

ソーンは両手を広げた。「どんなことを言っているか、だいたい想像《そうぞう》はつくよ。でも、ぼくの身にもなってよ。がいこつになってしまったら、名誉《めいよ》や忠誠《ちゅうせい》なんてなんになる？」

けれども、シベットに背《せ》を向けながら、ソーンは片目《かため》をつぶってみせた。そしてすっと視界《しかい》から消えた。

わたしはまた少年のことをあなどっていたのだろうか？　だとしても、いったいシベットのような強敵《きょうてき》を相手になにができると思っているのだろう？　わたしはどうすることもできずに転がったまま、見ているしかなかった。

第十八章

ソーンが大きな緑のどんぶりを持ってもどってきたときも、わたしはまだソーンがなにをするつもりなのかわからなかった。シベットは、わたしの横にある切《き》り株《かぶ》のような形の岩にすわっていた。そして、もうこれで十回目かそこらになるが、魔法《まほう》を使わないと誓《ちか》うよう、わたしにせまった。

「食べながらおしゃべりを楽しめるじゃないの」シベットはせがむように言った。「むかしを知っている人と話したいのよ」

わたしはまたおなじように、ただシベットをにらみつけた。

「そう。でもいまにきっと気が変わるわ」シベットはため息をついて、どんぶりに手をのばした。

どんぶりの口から湯気《ゆげ》が長く立ちのぼっていた。

「熱《あつ》いよ」ソーンは器《うつわ》を手わたしながら注意した。

シベットは、指の先っぽで落とさないように注意ぶかく持った。「うどん？」シベットは不満《ふまん》そうに言った。「これだけなの？」

「すぐに食べられるものがいいのかと思ったんだよ」ソーンは機嫌《きげん》を取るようににっこり笑《わら》った。

シベットは、むっつりとしてどんぶりをひざにのせた。「りっぱな宴会料理《えんかいりょうり》をたくさん知っているのかと思ったわ」

ソーンはおでこをぴしゃりとたたいた。「そんなふうに思わせたかな？」そして弁解《べんかい》するように両手を広げた。「宿屋ではしょっちゅう宴会があったけど、いつも農民たちの気どらない宴会だったんだよ」

シベットは、ばかにされているのかどうか判断《はんだん》しかねるように、唇《くちびる》をぎゅっと結んだ。よそおっているより、実際《じっさい》ははるかに自信もないし不安《ふあん》なのだと、わたしは思った。

「おまえをゴキブリにして、ふみつけてやってもいいのよ」

ソーンは召使《めしつかい》ふうに、頭を下《さ》げた。「そうしたらだれが皿を洗《あら》います？」

「なるほどね」シベットはそっけない声で言った。そしてどんぶりの上にわたしてあった象牙《ぞうげ》の箸《はし》を手に取った。「いずれにせよ、悪事《あくじ》は自分の身に帰ってくる、と言うわ。最初のひと口を味見してもらいますからね」

うす暗《くら》がりのなかでも、ソーンの顔が青ざめたのがわかった。なにか毒《どく》でも入れたのだろうか？　わたしは、さっきあんなに心のなかでソーンにひどいことを言ったのを後悔《こうかい》しはじめた。

「ぼくは……その……台所でつまんだから」ソーンはもごもごと言った。

シベットは、まるでソーンが疑惑《ぎわく》をみとめたかのように、にんまりと笑《わら》った。

「へえ？」そして箸でどんぶりの中身をかきまぜた。「毒は、象牙《ぞうげ》の色を変えるそうよ」

シベットは箸を持ちあげて、しげしげと先をながめたが、色が変わっていないのを見ると、ちょっとおどろいたようだった。「まあ、近ごろじゃ、新しい毒もいろいろあるから」

「でも、毒なんて使ってない」ソーンは言いはった。けれど、やけにうしろめたそうに見えた。

「信用していいよ」

シベットは、見くだしたように眉《まゆ》を上《あ》げた。「わたしは、実《じつ》の愛《あい》する父親に死に追いやられてから、だれも信用しないの」

「父さんがなにをしたって？」ソーンの目が恐怖《きょうふ》で丸くなった。

「川の神が川岸にいたわたしを見て、花嫁《はなよめ》にほしがったの」シベットはばったりと手を下《お》ろし、箸《はし》がどんぶりにつかった。「父はおそろしさのあまり、ことわることができなかった」

「その神っていうのはだれなの？」ソーンが聞いた。

「かつて矢の川すべてを支配《しはい》していた魔物《まもの》よ」シベットはソーンに、軽蔑《けいべつ》したような冷《ひ》ややかなまなざしを向けた。「彼《かれ》のゆるしがなければ、川の水は一ミリたりとも、増《ふ》えることも減《へ》ることもなかった。だから、船や川沿《かわぞ》いの村はみつぎものをさしだしていた。わたしの村——のちの峡谷《きょうこく》の町も」

そうしたことは、数千年前、まだ人間たちが小さい部族《ぶぞく》ごとにばらばらに暮《く》らしていたころは、めずらしくはなかった。人間たちはまとまらなければ、神や王を名乗っているだけの、強盗《ごうとう》となんら変わらないような魔物たちに、簡単《かんたん》にえじきにされてしまったのだ。すくなくとも、シベットの話は、その古風《こふう》な衣装《いしょう》とつじつまがあっていた。

「ぼくだったら逃《に》げたと思うけど」ソーンは言った。その目は、どんぶりから持ちあげられた長いうどんにくぎづけになっているようだった。

「たいていの人はそうでしょうね」シベットはうどんをぱっとはなして、どんぶりにもどした。

「わたしもかくれてしまおうかと思った。だれが好《す》きこのんで、あんなにごった、きたない川に住みたいと思う？　わたしのふるさとの、あの谷で暮らせるというのに？」

ふいにシベットの顔に、おだやかな表情《ひょうじょう》がうかんだ。「わたしの谷ほど美しい場所はほかになかった」

ふしぎな衝動《しょうどう》にかられたように、シベットはわたしのほうを向いた。

「松《まつ》の木が谷をほとんど埋《う》めつくしていたようすをおぼえている？」シベットは熱心《ねっしん》に聞いた。「時間があればいつも、あのすずしくてかぐわしいかおりのする木《こ》かげですごしたものよ」そして、まるで森の起伏《きふく》をなぞるように、ゆっくりと腕《うで》を上《あ》げていった。「木々は山のてっぺんまでつづいていたわ。おぼえている？」

その瞬間《しゅんかん》、シベットは邪悪《じゃあく》な魔女《まじょ》というより、家を恋《こい》しがる子どものようだった。わたしはずっと、シベットのことをにくむべき魔女だと思っていた。だからシベットにもなにかを愛《あい》することができるのだということが、なかなか信じられなかった。けれども、わたしが海を愛していたように、シベットもシベットなりに森を愛していたのだ。そうでなければ、川の神のもとへいったりはしなかっただろう。

さっき、わたしとむかしの思い出話をしたいと言ったのは、本当だったのだろう。けれどもあいにく、わたしはそこまで年を取ってはいなかった。まだほんの五十才の子どものころ町へつれていってもらったけれど、そのときはもう一族が人間たちと取引をはじめて百五十年がたっていた。それでも森はまだいくらか残っていたし、木々の落とす緑のかげを見て、故郷《こきょう》の海を思い出したこともおぼえていた。けれどもしばられているため、かすかに頭を動かすのがせいいっぱいだった。

わたしが答えられないことにがっかりしたように、シベットの手がパタンとひざに落ちた。そしてこちらのほうがまだましな聞き手と思ったのか、ソーンのほうを向きなおった。

「いずれにしても、川の神に谷をほろぼさせるわけにはいかなかった」シベットは毅然《きぜん》として言った。

「勇気《ゆうき》あるおこないだね」ソーンは感心したように頭をふった。

「みんなもそう言ったわ」シベットは、ひざのあたりのしわをのばした。

「あの人たちは、村をあげて〝結婚式《けっこんしき》〟の準備《じゅんび》をすることで、埋《う》めあわせをしようとした。いちばん上等《じょうとう》な布《ぬの》でつくった婚礼《こんれい》の衣装《いしょう》と、いちばん高価《こうか》な宝石《ほうせき》を用意し、川岸で盛大《せいだい》な宴会《えんかい》をもよおした。そして父や長老《ちょうろう》たちは、わたしの気高《けだか》い犠牲《ぎせい》をほめたたえ、わたしが民《たみ》のためにしたことは、後々《のちのち》の世代《せだい》まで語りつがれていくだろう、と言ったわ。みんな、涙《なみだ》を流してそうすると約《やく》束《そく》した」

シベットの顔はこわばり、目はまるでふたたびその場面を見ているかのように、遠くを見つめ

ていた。

「それからほとんど村じゅうの人間が舟《ふね》に乗りこみ、わたしを川のまんなかへ送りだした。村人たちは、舟が転覆《てんぷく》しないように一生けんめいこいだ」

シベットの唇《くちびる》は、まるでだれかにあやつられているように、機械的《きかいてき》に動いていた。「婚礼《こんれい》の品々《しなじな》がひとつひとつ川へ投げこまれていった」シベットはまるでそれを見ているように、頭を左右に動かした。

「そしてとうとう、わたしだけになった。父が手をさしだした」シベットはその場面をなぞるように自分の手を持ちあげた。「そしてこう言った。『おまえの番だ』

わたしは最後にもう一度、父のうしろに広がる、愛《あい》する谷へ目を向けた。木々の緑が、かすみがかったあたたかい空気のなかで、それはやわらかく心地《ここち》よさそうに見えた。

『川の神が待たれているにちがいない』父はうながした。ふりかえると、父は目でわたしに、泣《な》いたりわめいたりしないで、こころよくいってくれ、と必死でうったえていた。この期《ご》におよんでもまだ、川の神を怒《おこ》らせるのをおそれていたのよ。

わたしは父を軽蔑《けいべつ》した目で見た。わたしはすすんで命を投げだそうとしているのに、父はこのさいごの数分すらあたえてはくれなかった。わたしは舟をゆらさないように、そっと立ちあがった。舟《ふね》の外を見ると、水面に自分の顔がうつっていた。櫂《かい》が立てた波でゆがんでいたわ。それからわたしは飛びこんで、水中へしずんでいった。

泳ぎは得意《とくい》だったから、必死で水を掻《か》こうとした。けれども、あっという間《ま》に婚礼《こんれい》の衣装《いしょう》に水がしみこんで、まるで石でできているように重くなった。さらに宝石《ほうせき》が石ころのようにのしかかった」

一瞬《いっしゅん》、シベットの腕《うで》がはげしく空中を掻いた。「わたしはできることはすべてした。うなぎのように身をくねらせもした。でもむだだった。自分の体が、川の奥底《おくそこ》へしずんでいくのを感じた。

水はひどくにごっていてほとんどなにも見えなかったけれど、わたしは川の神をさがした。川の神のすがたを目にして、生きて帰ったものはいない。わたしにとって川の神とは、川からとどろいてくる、ほしいものを要求《ようきゅう》する声でしかなかった。

それから、なにかかげのようなものが見える気がした。最初はお面《めん》をつけているのだと思った。あまりにもみにくかったから。でも、それが本当の顔だった。水草《みずくさ》のようにうねうねとした長いひげを生《は》やして、肩《かた》にうろこのついたよろいをつけ、足はカエルのように短くて曲がっていた。

川の神はゆっくりと腕を上《あ》げて、わたしをむかえた」

シベットは下を見た。目がゆっくりと見ひらかれ、恐怖《きょうふ》とはげしい嫌悪感《けんおかん》で口がパクパクした。

そのようすがあまりにも真《しん》にせまっていたので、わたしも川の神のおぼろげなすがたが見えるような気がした。シベットはたんにその場面を思い出しているだけでなく、実際《じっさい》にもう一度自分の死を体験《たいけん》しなおしているのだ。わたしは思わずぶるっとふるえた。

シベットは必死になって頭をそらしたけれど、ささやくような声しか出せなかった。まるで自分の頭のなかにあるものを、そのまま声にしているような感じだった。

「助けて、おとうさん。おかあさん。だれか、おねがい助けて」

シベットの体はけいれんし、片方《かたほう》の足がななめに突《つ》きだされた。「足首をつかまれたわ」シベットは恐怖にかられたようにのたうちまわった。「引きずりこまれる」そして、表《ひょう》情《じょう》がきびしくなった。恐怖《きょうふ》が怒《いか》りに変わったようだった。

「なんてみにくいの。おそろしい顔。川の神がどんなすがたをしているか聞きもしないで、わたしをやったなんて。そんなのまちがっている。ひどすぎるわ」

「空気がほしい。光がほしい」突然《とつぜん》、シベットはあえいだ。

「水が冷たい。肺《はい》のなかまでこおるよう。息ができない」そして息がつまったような音を出して、体をこわばらせた。

ソーンはそっとシベットに近づいた。

シベットの目がぱちりと開いた。それからもう一度、まばたきした。体の力がふっとぬけ、はっと気づいたようにソーンを見た。

「下《さ》がって」シベットはソーンに命《めい》じた。

ソーンはあわててしたがった。「だいじょうぶか見ようとしただけだよ。まるで死にかけているみたいだったから」

シベットはなおも呼吸《こきゅう》をととのえようとするように、短くハッハッと息を吐《は》いた。

「川の神はわたしの体を、おぼれたときのままに保《たも》った」息がもどるにつれ、肩《かた》の動きがゆっくりになっていった。「これがわたしの本当のすがた」

「ほかのこともすべて、そのときのままなの？　死んだときの記憶《きおく》も？」

「そうよ」シベットは霧《きり》の石に手をやり、ソーンにぬすまれていないことをたしかめた。

「そういった魔法《まほう》の欠点《けってん》ね」シベットは自分の胸《むね》を指した。「いまでも、あのときの焼《や》けるように熱《あつ》い怒《いか》りがこみあげてくるのが感じられる」

「あなたのせいじゃないよ」ソーンの顔に同情《どうじょう》の色がうかんだ。「川の神は、本当におそろしそうだもの」

「川の神だけではない」呼吸《こきゅう》が規《き》則《そく》正しくなると、シベットは目を閉《と》じた。「父とわたしの部《ぶ》族《ぞく》の罪《つみ》でもあるわ。あの人たちは川の神を説得《せっとく》しようともしなかった。なにひとつしようとしなかったのよ」

シベットのまぶたがすっと開いた。

「それはそうと、うどんが冷えてしまうわ」シベットはまた箸《はし》でうどんを取った。「さあ、今度こそ、自分の分を食べてちょうだい」

第十九章

ソーンの顔に、おびえたような妙《みょう》な表情《ひょうじょう》がうかんだ。わなにかかった小さなけもののようだった。「竜《りゅう》の前じゃ、とても食べられないよ」

「残念《ざんねん》だけど、食べていただくわ」シベットは残忍《ざんにん》そうに目を細めた。

まるでさびついたちょうつがいでとめてあるかのように、ソーンはしぶしぶ口を開け、わずかに身を乗りだした。シベットはひょいと手首をひねって、うどんをソーンの口に押《お》しこんだ。

ソーンは恐怖《きょうふ》に打たれたようにさっと身を起こし、顔をゆがめて次々へんな顔をした。まず片《かた》方《ほう》の頰《ほお》がぷくっとふくらみ、次にぺちゃんこになってもう片方の頰がふくらんだ。まるで舌《した》でなにかをさがしているようだった。

「飲みこまないのかしら？」シベットはからかうように言った。

少年は口のなかのものを飲みくだした。「むかしからゆっくり食べるように言われてるんだ」

「かみかたも教わったほうがいいようね」

シベットはそでからハンカチを取りだすと、箸《はし》をふきながら、ソーンを冷《ひ》ややかにながめていた。ソーンが口から泡《あわ》を吹《ふ》いてばったりとたおれるのを待っているようだった。ハンカチをそでのなかにしまうと、シベットはソーンをまじまじと見た。「さあ、気分はどう？」

「最高だよ」ソーンはうけあった。

「それはよかったわ」シベットは皮肉《ひにく》な笑《え》みをうかべた。「すこしでもぐあいが悪くなったら、すぐに教えてちょうだいね」そうなることを確信《かくしん》しているような口調《くちょう》だった。そのあいだ、時間をつぶすために、シベットは川の神との暮《く》らしについて話しはじめた。

シベットは、実際《じっさい》に〝変化〟した瞬間《しゅんかん》はおぼえていないと言った。肺《はい》が水におかされた時点《じてん》で、気を失《うしな》ったのだという。次におぼえているのは、巨大《きょだい》な泥《どろ》の洞窟《どうくつ》で目をさましたことだった。川の神はそこを玉座《ぎょくざ》の間《ま》と呼《よ》んでいたけれど、実際《じっさい》は難破《なんぱ》した船や洪水《こうずい》でしずんだ村から略奪《りゃくだつ》したイスやランプや家具《かぐ》のつまった、物置《ものおき》のようだった。

宮殿《きゅうでん》自体も、矢の川の西岸の二十メートルほど地下に掘《ほ》った、泥だらけの洞穴《ほらあな》とトンネルにすぎなかった。一度夫《おっと》の家に入ると、二度と出ることはゆるされなかった。ほかのものと話すことも禁《きん》じられ、話すことも考えることもろくにできない紙の召使《めしつかい》しか相手はいなかった。

川の神がさまざまな魔法《まほう》の試《こころ》みにいそがしいときには、宮殿《きゅうでん》の門のそばにすわって、外を流れる川の轟音《ごうおん》に耳をかたむけた。川はひどくにごっていたから、船はおろか、真昼の太陽すら見ることはできなかった。それでも、シベットはいつか故郷《こきょう》の谷に帰る日を夢《ゆめ》みていた。

しかしある朝、シベットが門のところにいるのを見た川の神は、容赦《ようしゃ》なくたたきのめした。そして、自分の妻《つま》になったのだから、新しい家での生活を楽しめ、と言いわたした。そのときようやくシベットは、川の神を殺《ころ》さないかぎり、自由の身にはなれないのだと悟《さと》った。それからは、あたかも心を入れかえたようにふるまい、忠実《ちゅうじつ》な犬のように夫についてまわるようになった。

夫はシベットの従順《じゅうじゅん》なふるまいをよろこび、文句《もんく》を言わなくなった。シベットは耳をすませ、目を見ひらき、学んだ。そうして必要な魔法をすべて理解《りかい》すると、川の神を石に変えた。これで体も心とおなじになったのよ、とシベットは言った。そして、川の泥《どろ》の深いところに埋《う》めてしまった。

シベットは話をいったんやめ、ソーンに向かってカチリと箸《はし》を鳴らした。「ぐあいはどう？　吐《は》き気《け》は？　心臓《しんぞう》がどきどきしてこない？」

「平気《へいき》さ」ソーンは肩《かた》をすくめた。「それより、あなたの食事《しょくじ》が冷《さ》めちまうんじゃない？」

シベットはやや拍子《ひょうし》ぬけしたようだった。

「用心《ようじん》にこしたことはないからね」そして箸《はし》でうどんを一本だけつまむと、試《ため》すようにすこしずつかじりはじめた。ほんのひと口食べるごとに手を休めて、ようすをたしかめている。

わたしはちらりとソーンを見た。期待《きたい》で顔がゆがんでいる。わたしは息をのんだ。やはりなにかたくらんでいるのだ。けれどもそれがなにかはわからなかった。

シベットはのみこむと箸を置いた。なにかしらの反応《はんのう》があるか、待っているにちがいない。シベットはそうとう用心ぶかかった。だからこそ、これまでなんとか生きのびてこられたのだろう。

シベットは話をつづけた。「そうしてわたしは自由になった。千年近い年月をへて、ようやく自由になったのよ」

ソーンは、シベットに話をつづけさせて、気をそらそうと思っているようだった。「それで故《こ》郷《きょう》にもどったの？」

シベットは悲しそうに笑《わら》って、肩をすくめた。「もどる故郷などなかったわ」シベットは片方《かたほう》の手で水を掻《か》く動作《どうさ》をした。「泳いでもどってみると、むかしの粗末《そまつ》なむしろを敷《し》いた小屋はピンク色の石の建物にとってかわられ、波止場《はとば》の長い杭《くい》は土手に埋《う》まって牙《きば》のようになっていた。

おそろしい毒素《どくそ》やら汚物《おぶつ》やらが川に流されて、太陽の光すらろくに見えなかったわ」

ソーンはよくわからないと言うように眉《まゆ》をよせた。「なにがあったの？」

「時よ」シベットは悲しげに頭をふった。「わたしはわすれていた。必要な呪文《じゅもん》をおぼえるために、千年をついやしたことを」

シベットはさっと足を組んだ。「だけど、人々の服装《ふくそう》やしゃべることばは変わっていても、顔にはおもかげが残っていた」

シベットの声がふいに冷たく、にくしみに満《み》ちあふれた。「わたしの部族《ぶぞく》の子孫《しそん》はまだ残っていて、町のあちこちに根づいていた。そしてわたしは悟《さと》った。裏切《うらぎ》りものの子孫が根絶《ねだ》やしになるまで、心休まるときはないのだと」

「でも、どうして？」ソーンは思わず反論《はんろん》した。「その人たちがあなたを川の神のところにやったわけじゃないのに」

「わたしはやつらのためにすべてを犠牲《ぎせい》にしたというのに、やつらは結局《けっきょく》わたしの愛《あい》する森をほろぼしたのよ」

シベットは、これでは代わりにはならないとでもいうように、自分の石の森をながめた。

「やつらはわたしの信頼《しんらい》を裏切った。そしてこの土地を裏切ったのよ。森の木をぜんぶ切りたおしたから、山はやせてくずれ、わずかに残った畑も、鉱山《こうざん》や工場《こうば》から出る泥《どろ》や油でよごされてしまった」

シベットがぎゅっとこぶしをにぎると、まんなかの池がちらちらと光りだし、その緑色の光を受けて洞窟全体《どうくつぜんたい》がまるで生きた網《あみ》のようにかがやいた。

ソーンは、シベットが箸《はし》でうどんを持ちあげるのをじっと見ていた。「じゃあ、どうして川を氾濫《はんらん》させなかったの？」

「それだけでは足りない」シベットはうどんを口の前まで持っていった。「建物は石でできていたし、二階建てやもっと高いものもあったから」

シベットはうどんを口に入れて、自分のおさめた勝利について説明しながら、無意識《むいしき》のうちにかんでのみこんだ。

「海がまるごとなければ足りなかった。そのあたりを調べてまわると、わたしの小さな村をみにくい都市に変えたのは、竜《りゅう》たちとの貿易《ぼうえき》だとわかった」

シベットは箸を持ちなおした。「内海《ないかい》の竜たちがその相手と知って、わたしは彼《かれ》らの海をうばうことにした」

ソーンは、これ以上どうしたらいいのかわからないというように、おちつきなく足をふみかえ

ていた。「じゃあ、どうしてすぐに使わなかったんだい？」

シベットはソーンに向かって、憤然《ふんぜん》と頭をふりたてた。「簡単《かんたん》には殺《ころ》すまいと思ったのよ」シベットは固く唇《くちびる》を閉《と》じて、きっぱりと小さく首をふった。「この地が苦しんだように、やつらも苦しませてやりたかった」

そしてシベット自身が苦しんだように。わたしはそう思わずにはいられなかった。

シベットはうどんをすすりながら、話しつづけた。手に負《お》えない弟や妹たちをしつけているだけだからわたしは悪くない、と言いはる姉のようだった。ただしシベットが使ったのは、竹の棒《ぼう》ではなかった。洪水《こうずい》を起こしたのだ。およそ三十年おきに、作物《さくもつ》や工場や家は破壊《はかい》するけれど、人間たちが完全《かんぜん》に出ていってしまうほどではない、ちょうどよい大きさの洪水を。

もしサルがやってきてすべてをだいなしにしなければ、いつまでもつづけていただろう。

「長く待ちすぎたわ。もっと早くほろぼすべきだった」シベットは、自分のおろかさをくやむように頭をふった。「もちろん、町をしずめることができるのはわかっていた。けれど、そのあとサルから逃《に》げおおせる自信がなかった」

シベットはてのひらに霧《きり》の石をのせた。「町からのがれたものを追うためにも、つかまるわけにはいかなかった」シベットは石をにぎりしめた。「復讐《ふくしゅう》は完ぺきにやらなくては」

ソーンは、実《じっ》はだれひとり殺《ころ》していないことを言いたくて鼻をひくひくさせたけれど、なんとか言わずにおさえた。逃《に》げたものを追いにいけば、いずれわかることだ。

「そんなとき、猛獣使《もうじゅうつか》いの持っている霧《きり》の石のことを思い出した。それさえあれば、サルから逃《に》げることができる」シベットは首にかけた乳白色《にゅうはくしょく》の石を放《はな》した。「これを手に入れるのは危険《きけん》だったけれど、それだけの価値《かち》があったわ」

シベットはまた箸《はし》でうどんをつまんだ。「休んで力を取りもどしたら、生きのこったものを見つけだしてやる」

と、突然《とつぜん》、シベットは眉《まゆ》をひそめた。「こぎたないブタめ！」シベットは怒《いか》りにまかせて口走った。「どんぶりに髪《かみ》を落としたね！」

わたしはサルがソーンにわたした毛のことを思い出した。ソーンの指を見ようとしたけれど、角度が悪かった。

シベットは箸を放《ほう》りなげて、なかに入ったものを出そうと、口に手をやった。それこそ、ソーンがじりじりしながら待っていた瞬間《しゅんかん》だった。

ソーンの唇《くちびる》からそのことばが飛びだした。

「変身！」ソーンはさけんだ。

第二十章

シベットの目がおどろきで見ひらかれた。ひざにのせていたどんぶりが石の床《ゆか》に落ちて、こなごなにくだけちった。シベットはおどろいて立ちあがろうとしたが、そのとたん唇《くちびる》のあいだから鎖《くさり》があふれでてきた。シベットは狂《くる》ったように鎖の先をひっぱった。だが鎖は、輪《わ》のひとつひとつは親指《おやゆび》の爪《つめ》ほどの大きさしかないのに、どんな鋼《はがね》よりも強いようだった。ほかのことにかけては、サルはおろかかもしれないけれど、自分の魔法《まほう》のことは心得《こころえ》ていた。

シベットはすぐに鎖をひっぱるのをやめ、体を丸めて、ひどい痛《いた》みに顔をゆがめた。腹《はら》がむくむくと大きくなりはじめ、異常《いじょう》にふくれあがった。シベットは腹に手をあてた。鎖がのどを伝《つた》って、腹のなかに落ちたのだ。

シベットの輪郭《りんかく》が溶《と》けはじめた。霧《きり》にすがたを変えようとしているにちがいない。けれど、またふっと固くなった。もう一度輪郭がゆらぎはじめたが、またすぐに固まった。痛《いた》みがひどくて、すがたを変える呪文《じゅもん》に集中できないのだろう。もしかしたら、たんに鎖《くさり》のせいではっきりと呪文をとなえられないか、それとも、魔法《まほう》を使うだけの力が、まだもどっていないのかもしれなかった。

ソーンに、シベットの気がそれているすきに、霧の石を取るよう言おうとしたけれど、もごもごという声にしかならなかった。それでもソーンは理解《りかい》して、シベットに近づいて手をのばした。

シベットはソーンを押《お》しのけようとしたけれど、ソーンはうまくその腕《うで》のあいだに手をすべりこませ、石をつかんだ。その手首を、シベットが必死になってつかみ、もみあいになった。そのままいつまでも取《と》っ組《く》みあっていたかもしれないが、ソーンがあいているほうの手でシベットの腹《はら》に一発お見舞《みま》いした。

シベットは低いうめき声をあげて体を折《お》りまげ、ソーンの腕をつかんでいた手がぽとりと落ちた。

「ごめん」ソーンはシベットに言った。「だけど、罪《つみ》のない人たちを死なせるわけにはいかないよ」

一度ひっぱっただけで、石を下《さ》げていた細い金の鎖《くさり》は簡単《かんたん》にちぎれた。その瞬間《しゅんかん》、シベットは戦意《せんい》を一気に失《うしな》ったようだった。シベットががっくりと肩《かた》を落として床《ゆか》にたおれると、まんなかの池の光が狂《くる》ったようにちかちかしはじめた。

わたしがけんめいにウーウーうなると、少年はわたしのほうへ目を向けた。「口を自由にしてあげれば、すがたを変えるかなにかできるだろ」

ソーンはすがたを消し、しばらくすると大きな肉切り包丁《ぼうちょう》を持ってもどってきた。「これでなんとかなると思うんだけど」

わたしは、同意のしるしに眉《まゆ》をのたくらせた。ソーンが包丁で石の根を打ちはじめると、わたしは目をつぶった。一度でも手もとが狂えば、顔を切り落とされることになる。しばらくかかったけれど、ようやくわたしはもごもごとやめるように言い、少年は手を止めた。なんと言ったかわかったというより、声の調子から判断《はんだん》したようだった。

わたしは根にしっかりかみつくと、首を左右にふった。が、根はまだびくともしなかったので、ソーンに向かってもう一度やるよう、ウーとうめいた。それから三回試《こころ》みて、ようやく根がゆるみ、わたしは石をかみくだいた。

石のかけらを吐《は》きだすと、わたしはしるしをえがいて呪文《じゅもん》をとなえ、ヘビくらいの大きさにちぢんだ。そして、ぐるぐると巻《ま》きついていた根のあいだから、わけなくぬけだし、それからまたもとの大きさにもどった。

「あの苦しみを終わらせてあげて」ソーンはシベットのほうをあごで示《しめ》した。

わたしはソーンに霧《きり》の石と鎖《くさり》を持たせ、足を引きずりながら洞窟《どうくつ》の床《ゆか》に横たわっているシベットのほうへいった。シベットはわたしが近づいてきたのを見ると、これから起こることを見たくないというように、腕《うで》で目をおおった。わたしはとどめをさそうと、おもむろに足を上《あ》げた。

けれども、体を丸めて横たわっているシベットは、まるで腹《はら》いたを起こした子どものようにあわれだった。

「わたしにはできない」わたしは自分のふがいなさに腹を立てながらも、前足を下《お》ろした。まだシベットが顔のない敵《てき》で、にくむべきうわさだけを耳にしていたときなら、ちがっただろう。けれど、いまこうして話を聞いて、いろいろなことが見えてきたのだ。

シベットは長いあいだ生きて、多くの魔法《まほう》を身につけたかもしれないけれど、中身はまったく成長していなかった。自分で言ったとおり、夫《おっと》が彼女《かのじょ》の体をそのまま保《たも》つことにしたとき、感情《かんじょう》までもこおりつかせてしまったのだろう。怒《いか》りやおそれは、体とおなじように、あのはるか遠い日のまま、あせることなく保たれていた。川の神が死んでもなお、にくしみは消えずにその心をむしばみ、新しくその矛先《ほこさき》が向《む》けられてしまったのが、あの町と、不幸なことにわが一族だったのだ。

わたしは、シベットがまだ顔のない敵《てき》だったころの、はげしいにくしみを掘《ほ》りおこそうとした。だがわたしは、故郷《こきょう》に思いこがれ、そしてそれが失《うしな》われたとわかったときの気持ちを知っていた。シベットこそがわたしの海をうばった張本人《ちょうほんにん》なのだ、とわたしは自分に言い聞かせた。けれどうしても、シベットも、あのときわたしが感じたのとおなじ、胸《むね》にぽっかりと穴《あな》のあいたような悲しみに突《つ》き動かされたのだ、という気持ちを、捨《す》てさることができなかった。ただ不幸なことに、シベットはその失望《しつぼう》を受けいれることはできなかった。だれかをにくまずにはいられなかったのだ。

「よく聞いて」わたしはしずかな声で言った。「もし海をもとにもどすなら、命は助けてやるわ」

シベットの腕《うで》が床《ゆか》にずり落ちた。ぱっと開いた目から、おどろきと痛《いた》みが入りまじったようすがうかがえた。

「できない」シベットはかろうじてつぶやくように言った。「魔法《まほう》……きくのは……一回だけ」

わたしはため息をついた。すべてむだだったのだ。いまや怒《いか》りはほとんど消え、残ったのは深いうずくようなむなしさだけだった。

「痛《いた》い」シベットはうったえた。「お願《ねが》い……鎖《くさり》……はずして」

ソーンはもう一度「変身！」とさけんでみたけれど、サルが毛にかけた魔法《まほう》は、いずれにせよもう使いはたされていた。わたしはいろいろな呪文《じゅもん》をひととおり試してみたけれど、どれもききめがなかった。

ついにわたしは告白《こくはく》した。「どうすればいいのか、わからないの。サルをさがすか、力を持った魔法使いを見つけるしかないわ」

わたしは思わず前足をシベットの額《ひたい》に置いた。「でもこれなら、してあげられる」そしてこめかみをパシッと打った。

頭がかすかにふらつき、シベットは気を失《うしな》った。

まるで山をまるごと肩《かた》にのせられたようにつかれはてて、わたしは足を力なく床《ゆか》に下《お》ろした。

「さあ、これからどうする？」

ソーンはシベットの横にひざをついた。「この人を永遠《えいえん》にこのままにしておくわけにはいかないよね？」

わたしは下唇《したくちびる》をひっぱりながら、なにかできることはないか考えた。すると、ふっとある考えがうかんできて、足を下《お》ろした。

「さっき、サルか力を持った魔《ま》法使《ほうつか》いを見つけるしかないと言ったわね？　その両方とも、竜《りゅう》の王国で見つかるわ。シベットと、なにかしらの取引をすればいい。海をもとどおりにするのに手を貸《か》すなら、鎖《くさり》を解《と》いてやるとかね。竜の賢者《けんじゃ》たちが新しい呪文《じゅもん》をつくりだすのに、なにか必要なことを教えられるかもしれないわ」

「だけど、きみは竜の王国には入れないじゃないか。追放《ついほう》されたんだから」ソーンは切れた金の鎖《くさり》を使って、わたしのけがをしていないほうの前足に、霧《きり》の石を結びつけた。

わたしは前足をもちあげて、霧の石をつくづくとながめた。美しいおもちゃのようだった。

「わたしが竜の大王に知らせを持ってきたとわかれば、そのあいだは安全に通してくれると思うわ」

ソーンは興奮《こうふん》して立ちあがった。「もしかしたら、追放を取り消してくれるかもしれない」

少年の興奮はわたしにも伝染《でんせん》した。

「なんにしても」わたしはほほえんだ。「さんごの宮殿《きゅうでん》や庭園《ていえん》は、一見の価値《かち》があるわよ」

ソーンはてのひらを胸《むね》にあてた。「ぼくを連《つ》れていってくれるの？」

「こんなところまでいっしょにきたのよ。もうすこしいったっておなじだわ」

それでもまだソーンがためらっているのを見て、わたしは怒《おこ》ったふりをした。けれど内心《ないしん》、不《ふ》安《あん》になりはじめていた。「ようやくおまえがいるのに慣《な》れてきたときに、もうやめたなんて言うつもりじゃないでしょうね？」

「そうじゃないけど」ソーンはすわって背《せ》すじをのばした。「ついさっきだって、すぐにぼくのことを疑《うたが》って責《せ》めたじゃない」

たしかに少年にも一理《いちり》あった。

「コホン」わたしはおちつきなく前足を動かした。「まあ、おまえがそんなに簡単《かんたん》にわたしを見すてないって、わかっているべきだったかもしれないわ」

「そうさ、わかってるべきだった」少年はうなずいた。

「だから……たぶん、あやまらなくちゃいけないわね」もうこのあたりで勘弁《かんべん》してくれないかと思って少年を見たけれど、どうやらそのつもりはないようだった。

「そうだね」ソーンは待っていましたとばかりに、腕《うで》を組んだ。

竜《りゅう》には、とうてい耐《た》えられなかった。わたしは、最後の抵抗《ていこう》を試《こころ》みて足をふんばり、頭をぐいと前に出した。

「でも、わたしはあやまらないわ。これ以上はむりよ。わたしはだれも信用しなかったから、ここまで生きのびてきた。それをひと晩《ばん》で変えろといわれたってできないわ」

「まあ、ぼくもきみにむりをしてほしくはないよ」ソーンの片方《かたほう》の口角《こうかく》が皮肉《ひにく》っぽくめくれあがった。

「この数世紀で、これがいちばんあやまったのに近いのよ」わたしは本当だという証拠《しょうこ》に右足を上《あ》げた。

「そうだろうね」

ソーンはしばらくわたしを見ていたが、それから用心ぶかく聞いた。

「わかったよ。じゃあ、仮《かり》にぼくがいっしょにいくとしよう。海についたら、どうなる？　ほかの竜《りゅう》たちは、きみが人間と旅をしたことに文句《もんく》を言わない？」

「この前足がとどくところにいるうちは、なにも言わせないわ」わたしは約束《やくそく》した。少年を疑《うたが》ってしまったのだから、そのくらいはしてやらなければならないだろう。

ところが少年がひざをぴしゃりと打って笑《わら》いはじめたので、わたしはおどろいた。

「なにがおかしいのよ？」わたしは言った。

笑いがおさまると、ソーンは涙《なみだ》をぬぐった。「きみの友だちのつくりかたは最高だね」

わたしはゴホゴホとやかましい音をたててせきばらいをした。

「まあ、ある意味でわたしたちは家族のようなものよ。つまり、わたしの一族は世界じゅうに散《ち》らばってしまって、どこにいるのかわからないし、おまえは孤児《こじ》でしょう?」わたしは肩《かた》をすくめた。「もう義理《ぎり》の親子になったようなものよ」

少年は自分の耳が信じられないと言うように首をかしげた。「本気で言っているの?」

「これ以上ないくらい本気よ」わたしは腹《はら》ばいになった。

けれども少年はまだ信じられないようだった。「ぼくを家族にしたいっていうのは本当?」

「ええ」わたしはうけあった。「わたしは頭がおかしいか、人がやらないようなことをやるのが好きなんでしょうね」

「ぼくもそうらしい」少年は告白《こくはく》した。「つまり、やっぱりぼくたちは同類《どうるい》ってことだ」

少年はわたしの頭をやさしくなでようと手をのばしかけたが、ためらった。

わたしは飼《か》い犬ではないけれど、たったいま、少年のことを家族だと言ったのだ。わたしは一歩ゆずることにして頭を下《さ》げ、少年のてのひらに頬《ほお》を軽くこすりつけた。

「さあ、もういいでしょう。シベットを背《せ》に乗せて、台所から食料を取ってきて。すぐ出発するわよ」

用意がととのうと、わたしは頭を上《あ》げ、夢真珠《ゆめしんじゅ》を表《おもて》へ出した。すると、あたり一面が冷たい銀色にさんぜんとかがやきはじめた。山のなかをぬけていくあいだ、魔法《まほう》の光が行く手をてらし、洞窟《どうくつ》やトンネルの石をまるで肌《はだ》のようにやわらかに見せた。かげが、長い竹馬のような足を動かしてついてくる。まるで生き物が歩いているように、石の柱のかげからかげへひらりひらりと飛びうつってかくれんぼをしたり、一気に走ってわたしたちの前に出ようとしたりした。

「真珠《しんじゅ》は自分の力を見せたくてしょうがないようだわ」わたしはつぶやいた。

わたしたちが怪物《かいぶつ》をすべてほろぼしたのか、怪物たちを動かしていたシベットが意識《いしき》を失《うしな》ったために消えてしまったのか、あるいはおびえて逃《に》げたのかもしれない。ともかく長い帰り道に、怪物に出くわすことはなかった。

奇妙《きみょう》な彫刻《ちょうこく》のほどこされた山の入り口を出ると、太陽がかがやいていた。けれども、真珠の魔力は見えなくなってもなお、すみずみまで行きわたった。数メートル左に転がっている竜《りゅう》の骨《ほね》が、巨大《きょだい》な白いヘビのように動いた気がした。

わたしは真珠をおおうと、前足をかざして、海底《かいてい》に反射《はんしゃ》している光から目をかばった。「いつか、かならず故郷《こきょう》を取りもどすわ」

「たとえ一滴《てき》ずつ運ぶしかないとしても」少年はおごそかに誓《ちか》った。

すると突然《とつぜん》、空から大《おお》いなる風が矢のように吹《ふ》いてきて、台地をこえ、山の入り口で渦《うず》を巻《ま》いた。風はまるで、望《のぞ》みさえすれば何度でも世界をめぐらせてやろう、とさけんでいるように思えた。これは竜《りゅう》の風、王者《おうじゃ》の風だ。わたしたちを運命《うんめい》へいざなうのにふさわしい風。

「ええ、用意はできているわ」わたしはささやいた。その瞬間《しゅんかん》、わたしは肩《かた》の痛《いた》みをわすれていた。風はヘビのようにわたしたちに巻《ま》きつき、いとも簡単《かんたん》にふわりと空へ持ちあげた。不安《ふあん》やなやみをすべてふりおとし、肉体《にくたい》さえもぬぎすてててただの光の帯《おび》となったように、わたしたちは空に舞《ま》いあがった。

目の前には、竜の強大《きょうだい》な海底王国《かいていおうこく》が広がっていた。わたしは一心《いっしん》にはばたきはじめた。

故郷《こきょう》を求《もと》める旅——竜《りゅう》と少年の友情《ゆうじょう》（訳者《やくしゃ》あとがきにかえて）

誇《ほこ》り高い竜の王女と、台所の下働きの少年。種族《しゅぞく》も、年齢《ねんれい》も、階級《かいきゅう》も、力も、まるでちがうふたりが、運命《うんめい》のいたずらか、ともに冒険《ぼうけん》の旅に乗りだすことになります。ふたりを待ちうけているのは、強大な魔力《まりょく》を持つ魔女や、おそろしい怪物《かいぶつ》たちを意のままにあやつる魔法使い、伸縮自在《しんしゅくじざい》の魔法の鉄棒《てつぼう》をふるうサルや、伝説《でんせつ》の仙人《せんにん》たちが住む世界。ふたりは、勇気《ゆうき》と知恵《ちえ》と負けん気だけを武《ぶ》器《き》に、干上《ひあ》がって一面塩におおわれた海底《かいてい》や、何千年もむかしにほろびた都をぬけ、邪悪《じゃあく》な魔女に戦《たたか》いをいどみます。

このファンタジイの作者ローレンス・イェップは、一九四八年にサンフランシスコで生まれ、中《ちゅう》国系《ごくけい》アメリカ人として黒人街《こくじんがい》で育ちました。マルケット大学、カルフォルニア大学、ニューヨーク州立《しゅうりつ》大学で学び、博士《はくし》号《ごう》を取得《しゅとく》する一方、一九七三年に *Sweet Water*（邦訳名《ほうやくめい》『スイートウォーター』）を発表、作家としての道を歩《あゆ》みはじめます。そして一九七五年、*Dragonwings*（『ドラゴン複《ふく》葉機《ようき》よ、飛べ』）がアメリカ児童文学界《じどうぶんがくかい》の権威《けんい》ある賞《しょう》、ニューベリー賞のオナー（候補《こうほ》）に選ばれ、児童文学から大人の小説《しょうせつ》、ＳＦなど幅広《はばひろ》い分野で活躍《かつやく》する作家となりました。

イェップ自身は、自分の作品が十代の子どもたちに読まれる理由を、「アウトサイダーであるというテーマ」を追究しているからでないかと語っています。自分がよそ者であるという感覚《かんかく》、どこにも属《ぞく》していないという不安《ふあん》は、思春期《ししゅんき》には多くの人が一度は感じるはずです。中国系《ちゅうごくけい》アメリカ人として、中国人でもなく、アメリカ人でもなく、さらに生まれ育った黒人街《こくじんがい》のなかでも異質《いしつ》な存在《そんざい》でありつづけたイェップは、そうした不安をだれよりも深く理解《りかい》しているにちがいありません。実《じっ》際《さい》、自伝的《じでんてき》小説である *Sea Glass*（『海のなかのガラス』）では、アメリカで生まれ育ち、故国《ここく》である中国を知らない少年が、自分の居場所《いばしょ》を求《もと》め苦しむすがたを、父との確執《かくしつ》を通してえがいています。

そして、今回みなさまにおとどけすることになった『竜《りゅう》の王女シマー』でも、引きつづきおなじテーマを見ることができます。内海《ないかい》の竜の一族の王女であったシマーは、王家《おうけ》に伝わる宝玉《ほうぎょく》〝夢真《ゆめしん》珠《じゅ》〟をめぐる争《あらそ》いから、故郷《こきょう》を追われ、追放者《ついほうしゃ》として世界をさすらう身となります。つらい流浪《るろう》の生活で、シマーの心をささえつづけたのは、いつか仲間の竜たちにふたたび受けいれられ、故郷にもどるという夢でした。そんなシマーがはじめて心をゆるしたのが、人間の孤児《こじ》の少年、ソーンです。一見なんの共通点《きょうつうてん》もないように見えるふたりですが、実《じつ》はおなじ孤独感《こどくかん》、やりきれないさびしさ、受けいれられたいという強烈《きょうれつ》な欲求《よっきゅう》を心にかかえていました。シマーの故郷《こきょう》の海をうばった魔《ま》女《じょ》シベットを追って困難《こんなん》に満《み》ちた旅をつづけるうちに、ふたりのあいだには固い友情《ゆうじょう》が培《つちか》われていきます。

ファンタジイである本作品は、前述《ぜんじゅつ》の『海のなかのガラス』などの作品とは、またちがう魅力《みりょく》にあふれています。トールキンの『指輪物語《ゆびわものがたり》』やル＝グウィンの『ゲド戦記《せんき》』のように、はじめから終わりまで第二世界、すなわち空想《くうそう》の世界のできごとだけが語られ、現実《げんじつ》の世界がまったく登場《とうじょう》しないファンタジイは、成功《せいこう》させるのがむずかしいと言われていますが、イェップは、独自《どくじ》の神話《しんわ》と歴史《れきし》を持ち、竜《りゅう》や魔女などさまざまな生き物たちが暮《く》らし、政治《せいじ》や経済《けいざい》も存在《そんざい》する、矛盾《むじゅん》のない異《い》世界《せかい》を生みだしました。そうした西洋《せいよう》のファンタジイの伝統《でんとう》をたくみに受けつぎながら、一方でイェップは、孫悟空《そんごくう》をほうふつさせるサルや、中国風の衣装《いしょう》をまとった魔女や仙人《せんにん》たちを登場させ、どこか東洋《とうよう》の雰囲気《ふんいき》ただよう独特の世界を創《つく》りだしています。そしてその世界を、気位《きぐらい》の高いシマー、持ち前の勇気《ゆうき》とかしこさで困難にぶつかっていくソーン、うぬぼれが強いけれど人情味《にんじょうみ》あふれるサル、おそろしい魔術《まじゅつ》をあやつると同時に幼《おさな》さもあわせ持つシベットなど、個性《こせい》あふれる登場人物たちが縦横無尽《じゅうおうむじん》にかけまわるのです。

底流《ていりゅう》に重いテーマを持ちつつも、物語は生気《せいき》とユーモアにあふれています。ソーンの純粋《じゅんすい》な熱意《ねつい》や、シマーの不器用《ぶきよう》な愛情《あいじょう》表現《ひょうげん》、サルとシマーの思わず笑《わら》いがもれるようなかけあいなど、物語の魅力《みりょく》はつきません。そしてファンタジイであるがゆえに、「アウトサイダーであること」というテーマも、イェップ自身の中国系《ちゅうごくけい》アメリカ人としての苦悩《くのう》にとどまらず、普遍化《ふへんか》され、多くの人の心に響《ひび》くものになっていると思うのです。

昨今《さっこん》、さまざまなファンタジイが日本に紹介《しょうかい》されていますが、イェップの生みだす東洋《とうよう》のかおりただよう異世界《いせかい》と、わすれがたい魅力を持つ登場人物《とうじょうじんぶつ》たちは、どんな作品《さくひん》ともちがうかがやきを放《はな》っていると思います。本国アメリカでも多くのファンを獲得《かくとく》し、シマーの物語は全四巻《かん》のシリーズとなって、ますます人気を博《はく》しています。深みと魅力、さらにユーモアも増《ま》しつつ広がっていく世界を、またみなさまにおとどけすることができればと思っています。

最後になりましたが、お世話《せわ》になった早川書房《はやかわしょぼう》の方々、白百合《しらゆり》女子大学の先生方、そして家族に心からの感謝《かんしゃ》をささげたいと思います。

二〇〇三年三月

早川書房の児童書〈ハリネズミの本箱〉

竜《りゅう》の王女《おうじょ》シマー

二〇〇三年四月　十　日　初版印刷
二〇〇三年四月十五日　初版発行

著　者　ローレンス・イェップ
訳　者　三辺《さんべ》律子《りつこ》
発行者　早川　浩
発行所　株式会社早川書房
東京都千代田区神田多町二ノ二
電話　〇三‐三二五二‐三一一一（大代表）
振替　〇〇一六〇‐三‐四七七九九
http://www.hayakawa-online.co.jp
印刷所　株式会社精興社
製本所　大口製本印刷株式会社
乱丁・落丁本は小社制作部宛お送り下さい。
送料小社負担にてお取りかえいたします。

Printed and bound in Japan
ISBN4-15-250008-5　C8097